思維導圖學作文

寫人、寫物篇

黎浩瑋 著

新雅文化事業有限公司
www.sunya.com.hk

目錄

第二部分

寫物的文章要怎樣寫？

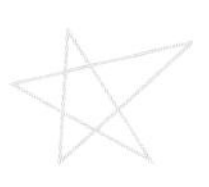

思維導圖如何幫助作文？

什麼是思維導圖？

思維導圖（Mind Map），又稱腦圖、心智圖，是一種利用圖像來協助思考、表達思維的工具。

思維導圖以一個主題作為圓心，然後向外四散延展，連接一些跟主題有關聯的分支，這些分支再繼續擴展。

《我的老師》思維導圖

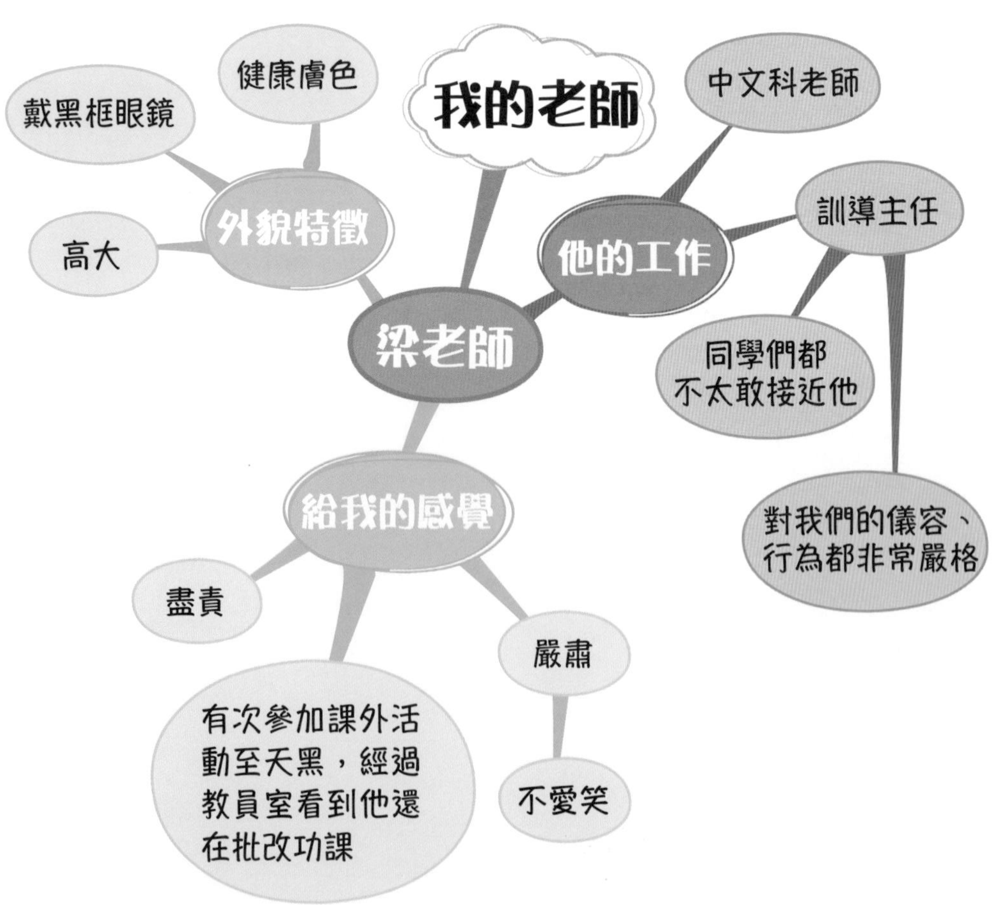

它怎樣有助我們寫作？

你有沒有試過在看到作文題目時，腦海中一片空白，不知怎麼落筆呢？這個時候，就可以透過思維導圖來激發想像力，想一想有什麼是跟這個主題有關的，然後把聯想到的內容寫在思維導圖中。

你可以不斷把靈感延伸，因為一個細微的東西也可能成為整篇文章的要點。當你不斷思考，把相關的內容擴展，在完成思維導圖後，就會發現當中已有寫作的材料了。

我們要怎樣善用思維導圖？

完成思維導圖後，你可能會發現圖中有很多內容，但是我們要懂得取捨，不要勉強將所有東西寫進文章。思維導圖的最大作用是激發思考，但我們的思考中難免會有些離題的聯想，如果我們把所有東西都寫到文章中，就可能會累贅，甚至是離題。因此，應仔細檢視思維導圖，把一些不重要的東西刪去，只把重要的東西寫到文章中。

另外，在作文考試時，切記避免用太多精力去繪畫一個過於精美的思維導圖，否則本末倒置，反而不夠時間寫作。

怎樣使用這本書？

本書示範如何用思維導圖的方式學寫作文，書中以寫人及寫物文章作為示例，每篇文章都提供了各個步驟：想一想、思維導圖、找出重點來，引導讀者一步一步掌握以思維導圖協助寫作的方法。

首先，你可以透過「想一想」部分，聯想與題目相關的問題，然後通過思維導圖，不斷把靈感延伸，再篩選思維導圖中的內容，找出重點來。完成了這三個步驟，就可以看看示範文章和文章分析，學習當中的寫作技巧。書中還提供了練習，讓你馬上實踐所學。

掌握了這些方法後，即使你日後遇到不同題目，也能靈感不斷，輕鬆寫出好文章！

第一部分

寫人的文章要怎樣寫？

寫人的文章

寫人的文章是我們經常會看到的作文題目，這些「人」或許跟我們很熟悉或很親近，例如《我的媽媽》、《我的家人》、《我的同學》、《最好的朋友》等，也有一些題目是我們不太熟悉或不常接觸的人，例如《太空人》、《露宿者》、《一個陌生人》等。

刻畫人物

無論題目是寫親近的人還是不熟悉的人，要寫出好文章，就要學會刻畫人物。我們可以從人的外貌、語言、動作、心理等方面來描寫，這些描寫能令人物的性格、特點更突出，使人物的形象更具體。例如，描寫一個人總是把家裏打掃得一塵不染，從這個行為可見他是個喜愛整潔的人。

我們也可以通過事件來寫人，這些事件可以是你觀察所見，或是你跟對方共同經歷的。通過事件，能更具體地反映該人物的性格、思想、感情等，也能透過記敘一些特別的事件，令文章更吸引，避免文章千篇一律。

題目 1 我的兄弟姊妹

步驟 1

想一想

看到作文題目後，你可以從不同角度思考與兄弟姊妹有關的問題，這有助激發你的想像力。

- 他的年紀多大？
- 他的樣子怎樣？
- 他有什麼興趣？
- 他喜歡吃什麼？
- 他有壞習慣嗎？
- 你們相親相愛嗎？
- 他和父母的關係怎樣？
- 他在學校裏是一個好學生嗎？
- 他有幫助父母做家務嗎？

現在，讓我們把聯想到的東西用思維導圖呈現吧！

步驟 2

思維導圖

我的兄弟姊妹

弟弟

- 年紀
  - 十一個月大
- 特點
  - 需要人照顧
    - 爸爸媽媽每天都忙得不可開交
  - 連我也要幫忙照顧
    - 跟他變魔術
      - 先發出一些怪聲，再用雙手掩臉，假裝把臉變走，然後雙手鬆開，把臉變回來
      - 弟弟每次都會展露可愛的笑容、發出滿意的笑聲
  - 非常黏媽媽
    - 一起牀就會伸手要求媽媽抱他
      - 沒抱他就會一直大哭

興趣

不喜歡毛公仔，
喜歡玩衣架

破壞玩具

翻轉玩具車，
嘗試拆掉車輪

期望

弟弟快高長大

一起看電影、
打遊戲機、讀
書、打羽毛球

喜歡的食物

魚

如果有一頓晚
餐沒有魚肉，
弟弟就會放聲
大哭

媽媽每餐都會
準備好魚肉

把魚肉搗碎給
弟弟吃

弟弟不用媽媽
餵，他會把手
放進碗裏，自
己抓來吃

非常可愛

步驟 3 找出重點來

我們通過思維導圖來幫助聯想，但未必每一樣東西都需要放到文章中。你可以選取一些重點寫到文章裏。

弟弟的特點

弟弟性格、喜好是怎樣的？生活中有哪些事可以看到他的這些特點？

家人的相處

弟弟與家人的相處是怎樣的？大家都很照顧他嗎？

有趣的事

與弟弟相處時，有什麼有趣的事值得記錄呢？

感受與期望

弟弟給我怎樣的感覺？我期望日後可以跟弟弟怎樣相處？

完成這些步驟，就可以開始寫文章了！

示範文章

我的兄弟姊妹

我有一個弟弟，他今年還不到一歲，只有十一個月大，他真是一個有趣的傢伙。

自從弟弟出生後，爸爸媽媽每天都忙得不可開交。在星期天時，就連我也要幫忙照顧弟弟。弟弟一起牀，就會放聲大哭，我們忙碌的一天就要開始了。

弟弟非常黏媽媽，一起牀就會伸手要求媽媽抱他，否則他就會一直大哭。爸爸趁媽媽抱着他，飛快地吃兩片方包，然後煮粥給弟弟。弟弟在媽媽安撫下，已經不再哭了。媽媽終於可以去吃早餐了。這時，我便負責和他玩遊戲。他最喜歡玩的遊戲是「變魔術」。我先發出一些怪聲，再用雙手掩着臉，假裝把臉變走，然後雙手鬆開，把臉變回來。弟弟每次看到這個把戲，都會展露可愛的笑容、發出滿意的笑聲，似乎覺得這遊戲很有趣呢！

一般小孩大概都喜歡毛公仔，弟弟卻完全不感興趣。他喜歡的玩具都是我們意想不到的，其中一樣是衣

架。衣架明明比他的頭還要大，他竟然一手抓起來，上下揮舞，玩得不亦樂乎。就算是小男孩最喜歡的玩具車，他的玩法也別出心裁。一般小孩都是把車子推來推去，他卻翻轉車子，然後嘗試拆掉車子的車輪。

弟弟最愛的食物是魚肉。如果有一頓晚餐沒有魚肉，弟弟就會放聲大哭。因此，媽媽每餐都必定會準備好魚肉。三文魚、鱠魚、鯇魚，他全都喜歡吃。媽媽會把魚腩和魚臉肉搗碎給弟弟。吃魚時，弟弟從來不用媽媽餵，他會把手放進碗裏，自己抓來吃，真是一個可愛的小傻瓜。

我希望弟弟快高長大，這樣我們就可以一起看電影，一起打遊戲機，一起讀書，一起打羽毛球了。

文章分析

刻畫家庭關係

文章題目為《我的兄弟姊妹》，選了文章的主角是弟弟後，我們首先可以簡單交代弟弟年紀、外表等。因為這篇文章的弟弟是嬰兒，日常生活就要依賴家人，所以文章中有不少筆墨都是描寫家人與弟弟的關係。譬如寫弟弟喜愛黏着媽媽；寫爸爸和作者分工合作，各自出力照顧弟弟，這些都能反映出家中各人關係融洽。除此之外，各人盡力照顧弟弟亦能反映弟弟備受愛護，在快樂中成長。

行文扣題

其次，要注意的是，文章對弟弟的形容是可愛、有趣，因此寫作過程就需要舉證弟弟可愛、有趣之處。在第三段舉的例子是弟弟喜歡看作者「變魔術」，當中詳寫變魔術的細節，也寫了弟弟的反應，從而體現弟弟的可愛之處。為了顯示弟弟的有趣之處，第四段則寫弟弟不喜歡一般的玩具，而是玩各種人們不認為是玩具的日常用品，如衣架，又描寫了弟弟對車輪的興趣，這能表達他對一切事物都感到好奇，突顯他的童真、有趣。

描寫生活習慣

另外，文章講述了弟弟的飲食喜好和當中的細節。例如，媽媽將一條魚最美味的部分留給弟弟，這樣讀者除了知道弟弟喜歡吃魚，還可以感受到媽媽對弟弟寵愛有加。作者看到弟弟用手自己吃飯，覺得他可愛，從這些細節中也能看到作者對弟弟的疼愛。

詞彙

與嬰兒行為有關的詞語：

爬行、跌倒、模仿、玩耍、牙牙學語、放聲大哭

形容個性的詞語：

懂事、好學、開朗、樂觀、無禮、頑皮、淘氣、貪玩、粗心大意、目中無人、驕傲自滿

與人相處有關的詞語：

爭吵、誤會、體諒、融洽、和諧、一見如故、形影不離、形影相隨

題目 2 我的外公

步驟 1

想一想

看到作文題目後，你可以從不同角度思考與外公有關的問題，這有助激發你的想像力。

- 外公年紀多大？
- 外公的外表是怎樣的？
- 外公有沒有什麼衣着特色？
- 外公和我的關係如何？
- 外公的個性有什麼特別之處？
- 外公平常喜歡到什麼地方？
- 外公有什麼嗜好？
- 外公年青時從事什麼工作？
- 外公比起年青時有什麼轉變？
- 外公有什麼地方值得我學習？

現在，讓我們把聯想到的東西用思維導圖呈現吧！

步驟 2

思維導圖

我的外公
年紀
九十歲
看起來不像
九十歲
外貌特徵
腰板挺直
帥氣
背影高大
穿着整齊
衣櫃裏除了
睡衣，就是
恤衫西褲
衫褲熨得筆直
不曾看過他
穿運動衣

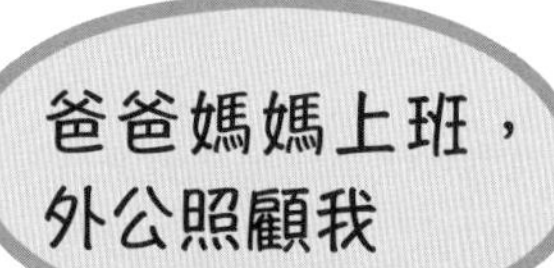

菜市場

公園

最常去的地方

與外公的相處

我曾跟外公說不想吃魚，想吃炸雞

外公嚴肅地說小孩子不能偏食，不能浪費

我不再對飯菜有意見

年青時

海鮮買手

出色的泳手

需要由碼頭游到漁船買魚

游得快，才能率先上船買大魚

他現在說話還是中氣充足，相信與他曾經天天游泳一定有關

步驟 3 找出重點來

我們通過思維導圖來幫助聯想，但未必每一樣東西都需要放到文章中。你可以選取一些重點寫到文章裏。

外公的外貌

外公的外貌上有什麼特徵？他跟一般老人有沒有什麼不同呢？

____

外公的經歷

外公有沒有一些特別的人生經歷呢？

____

與他的相處

我與外公之間有沒有一些難忘的回憶？

____

感受

外公給我怎樣的感覺？

____

完成這些步驟，就可以開始寫文章了！

示範文章

我的外公

雖然已經九十歲了，但是他依然腰板挺直，背影高大，他就是我的外公。

外公年青時是一個海鮮買手，專門為街市魚販購買海鮮。凌晨三時多，船還在海上，他已經率先從旺角碼頭跳入海中，一直游呀游呀，游到從內地來的漁船上揀選漁穫。一個稱職的買手，不單要有眼光，懂得判斷魚的好壞，還要是一個出色的泳手。游得快，才能率先上船買大魚。游得慢，就只能買到小魚小蝦了。在眾多買手當中，外公總是一馬當先，最快上船。後來，因為有買手在登船時，意外被漁船的摩打擊中頭部致死，游泳登船的行業規矩才被禁止。外公現在說話時，還是中氣充足，而且腳步穩定，我想這與他曾經天天游泳一定有密切關係。

爸爸媽媽上班，外公就負責照顧我。外公有很大的煙癮，但他在小孩子面前從來不抽煙。他喜歡帶我到公園玩，然後拖着我到菜市場買菜。在外公家裏吃飯，總是有最新鮮的魚在餐桌上：龍躉、石斑、鱠魚，天天都是不同的新鮮海魚。記得有一次，我跟外公說：「公公，明天可以不吃魚嗎？我想吃炸雞。」外公聽後便嚴肅地說：「小孩子不能偏食，而且炸雞沒營養，要少吃！記着，端上桌子的菜就是食物，不能浪費。」從此以後我再也沒有對飯菜有意見，我學懂了欣賞做菜的艱難。

外公已經退休了多年，但他總是穿着整齊。他的衣櫃裏除了睡衣，就是恤衫西褲。白色、藍色、米黃色，各種淨色的恤衫，配搭黑色西褲。而且，他一定將所有衫褲熨得筆直。在我印象中，外公從來不曾穿過運動衣。一個腰板挺直，恤衫西褲的老人家在公園散步曬太陽，真帥氣！

文章分析

取材新穎

外公多數有一定年紀，這樣我們可以先由他年輕時寫起。一般而言，如果要描寫成年人，最常見的方法就是從他的工作入手。以香港來説，成年人普遍每天工作八小時，這長久的工時非常容易影響成年人的個性和生活方式。所以作者從海鮮買手寫起，也就可以將外公年輕時的刻苦生活描寫清楚。而且海鮮買手的工作非常艱難，外公也能應付自如，這反映出外公刻苦耐勞的個性。海鮮買手的工作也是一份罕見的工作，對現今的讀者來説也是新奇。取材新穎，是判斷文章好壞的重要原則。描寫海鮮買手的工作既能增加文章趣味，又可突顯人物個性，值得詳寫。

作者與描寫對象的關係

除了描寫外公的職業，文中亦寫出了作者與外公日常相處的生活。這部分有兩個重點。首先，透過描寫外公常常預備美食給作者，表達出外公對作者的疼愛。其次，透過作者與外公的對答，從中突顯外公個性節儉，從不浪費食物。而且他也會教導孩子人生道理，令孩子學懂珍惜。以對話刻畫人物個性，是常見又有效的方法，建議可多加嘗試。

衣着反映個性

外公衣着整潔，退休之後，仍然堅持要穿恤衫西褲，這能反映出他個性莊重。而且透過描寫他的衣着外貌，讚賞外公帥氣，帶出作者對外公的喜愛之情。衣着反映個性，寫作時我們可在描寫對象的衣着、外貌方面多加心思。

詞彙

與老人外貌有關的詞語：

皺紋、駝背、老態龍鍾、白髮蒼蒼、慈眉善目、笑容可親

形容衣着的詞語：

整齊、襤褸、單薄、臃腫、衣衫不整、衣不稱身

形容個性的詞語：

善良、慈祥、節儉、幽默、懶惰、自大、固執、堅強、刻苦耐勞、沉默寡言、不苟言笑

題目 3 我最好的朋友

步驟 1

想一想

看到作文題目後，你可以從不同角度思考與好朋友有關的問題，這有助激發你的想像力。

- 你最好的朋友是誰？
- 他的外貌是怎樣的？
- 他的個性是怎樣的？
- 你們如何認識？
- 你們認識了多久？
- 你們會一起做什麼？
- 他有什麼缺點嗎？
- 他有什麼興趣呢？
- 他是一個受歡迎的人嗎？
- 他做過什麼事令你有深刻印象？

現在，讓我們把聯想到的東西用思維導圖呈現吧！

步驟 2

思維導圖

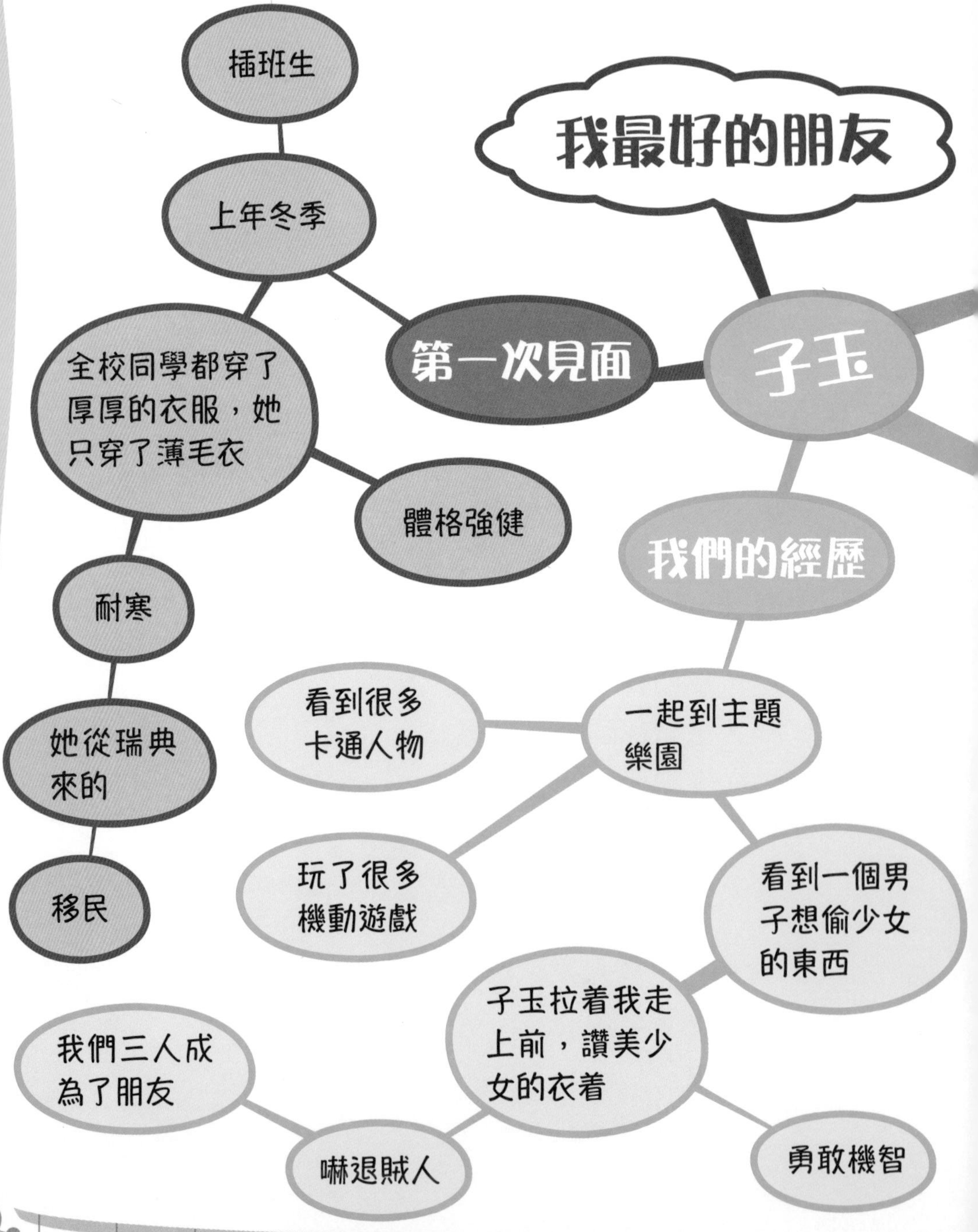

我最好的朋友

子玉

第一次見面

上年冬季

插班生

全校同學都穿了厚厚的衣服，她只穿了薄毛衣

體格強健

耐寒

她從瑞典來的

移民

我們的經歷

一起到主題樂園

看到很多卡通人物

玩了很多機動遊戲

看到一個男子想偷少女的東西

子玉拉着我走上前，讚美少女的衣着

勇敢機智

嚇退賊人

我們三人成為了朋友

懂得很多
英文生字
英文十分
流利
願意教導
同學
友善
特點
無私、真誠
為同學準備
温習策略
中文不太好
我為她解答中
文方面的疑難
期望
一起升上同一間
中學、大學，在
同一家公司工作
友誼永固

步驟 3 找出重點來

我們通過思維導圖來幫助聯想，但未必每一樣東西都需要放到文章中。你可以選取一些重點寫到文章裏。

第一印象

我和好朋友是怎樣認識？第一印象是怎樣的？

好朋友的特點

好朋友的外貌、個性或行為有什麼特別的地方嗎？

深刻的事情

我與好朋友之間，有哪些令人深刻的事情？這些事情有沒有改變我對他的印象？

期望

我期望未來跟好朋友一起經歷什麼？

完成這些步驟，就可以開始寫文章了！

示範文章

我最好的朋友

我最好的朋友就是子玉。她是個插班生，我第一次見她是在上年的冬季。那時全校的同學都穿上厚厚的禦寒衣服，她卻只在校服外面穿上一件薄薄的毛衣。原來她之前一直住在瑞典，最近才舉家移居香港。她對我說：「香港的冬天十分暖和，根本不用穿羽絨。」這麼耐寒、體格強健的女生，真是厲害。

她不但身體強健，更是一個非常勇敢機智的女孩。記得有一次我們一起到主題樂園遊玩。我們都非常興奮，討論着要先到哪一個園區。這時，一個形跡可疑的中年男子走了過來。只見他左望右望，然後停在一個少女的身後。少女正在專心地看手提電話，一邊傻笑，一邊滑動電話熒幕，毫無警覺。中年男子出手了，他竟然把手伸進了少女半敞的布袋裏摸索。原來他是個小偷！

我嚇呆了。子玉和我對望一眼，然後她拖着我的手主動走上前，跟少女說：「你好啊，你的碎花裙真漂亮，用來配搭你的布袋，真有風格。」我連忙附和說：「對呀，真漂亮。」小偷嚇得連忙縮手，落荒而逃。少女依然不知就裏，開心地跟我倆討論穿衣配搭。後來，我們三人更因為這次經歷而成為了朋友。

子玉對人十分友善。她的英文非常流利，懂得很多英文生字。同學向她請教任何有關英文的問題，她都會耐心解答。每逢測驗、考試，她更會寫一些筆記讓同學們參考。我們班中的同學跟着她的溫習策略，很多時都拿到好成績。有些成績好的同學，他們從來不教其他人，每次考試測驗都說自己沒有溫習，但最後總是拿一百分。相比之下，子玉實在是無私而真誠。

子玉的中文不太好，所以我常常主動為她解答中文科的疑難。我希望我們可以一起升上同一間中學、大學，然後進同一家公司工作。我們一定會是永遠的好朋友。

文章分析

衣着描寫

文章題目為《我最好的朋友》。首先，我們可以從朋友最表面、最容易看到的東西開始描述，由淺入深。因此，文章可以先從外貌、衣着入手，衣着選擇可以反映一個人的個性。作者在第一段先寫子玉在冬天時只穿一件單薄的毛衣，來突顯出她體格強健。另外，用同學們都穿上厚厚的禦寒衣物來襯托子玉單薄的衣着，這就更能加深她體格強健的形象。

共同經歷

朋友的關係是相向的。因此，我們可以透過描寫雙方的共同經歷來刻畫二人的關係。子玉用智慧嚇退小偷的事件，作者以自己的手足無措突顯出子玉的勇敢決斷。二人對望一眼，牽手上前，這就能顯示出雙方共同進退，確實是共患難的好友。最後，子玉選擇以讚賞少女的布袋來嚇退小偷，避免與小偷硬碰，這亦顯示出她的機智。這裏既能展現子玉個性，又能刻畫二人的朋友關係。

校園生活

因為在校園認識而成為朋友，這是很常見的，所以我們可以把校園生活作為文章的內容，講述一些特別的事。子玉從外國移居香港，英文比一般香港學生好，文章透過描寫她為同學們解答疑難，顯示出她樂於助人的個性。另外，因為子玉中文不太好，文章作者幫助子玉學習中文，可以呼應朋友之間互相幫助的行為。遇上同類題材時，大家也可多加留意，細心描寫校園生活。

詞彙

與衣着有關的詞語：

短褲、長褲、背心、襯衣、外套、毛衣、羽絨、連身裙

形容個性的詞語：

勇敢、機智、愚蠢、無私、聰明、善解人意、自私自利

與危險有關的詞語：

危急、驚險、危機四伏、千鈞一髮、大禍臨頭、急中生智

題目 4 我欣賞的運動員

步驟 1

想一想

看到作文題目後，你可以從不同角度思考與運動員有關的問題，這有助激發你的想像力。

- 你最欣賞哪個運動員？
- 這個運動員有什麼外貌特徵？
- 這個運動員有什麼技術特點？
- 這個運動員的個性如何？
- 其他人怎樣評價這個運動員？
- 這個運動員的職業生涯順利嗎？
- 他的哪一場比賽令人印象最深刻？
- 這個運動員有體育精神嗎？
- 這個運動員有特別的人生經歷嗎？

現在，讓我們把聯想到的東西用思維導圖呈現吧！

步驟 2

思維導圖

我欣賞的運動員

戴資穎

羽毛球

世界排名第一

特點

比賽前

不同於其他運動員

其他運動員會看對手的比賽影片

戴資穎不看對手的影片

別人的評價
她是球場上
的藝術家
這是我最欣
賞她的地方
賽場上
不同於其他
運動員
有些運動員身體
質素很好
總是靠殺球
奪分
戴資穎用腦袋
和靈感打球
假動作

步驟 3　找出重點來

我們通過思維導圖來幫助聯想，但未必每一樣東西都需要放到文章中。你可以選取一些重點寫到文章裏。

運動員的背景

這個運動員從事哪類運動？他有沒有取得好成績？

運動員的特點

運動員有哪些特點？這些特點有助他在運動場上的表現嗎？

與其他運動員的對比

這個運動員與其他運動員對比，有什麼不同呢？

我對這個運動員的看法

這個運動員哪方面是我最欣賞的？

完成這些步驟，就可以開始寫文章了！

示範文章

我欣賞的運動員

球場上，不少觀眾站起來鼓掌，歡呼喝彩，掌聲雷動。戴資穎又一次贏得羽毛球女子單打冠軍，守住了世界第一的寶座。

戴資穎真是一個非常特別的羽毛球手。比賽時，有些職業羽毛球手會仗着出色的身體質素，總是在後場殺球，然後就衝上網前進攻，希望透過強攻來得分。不過，戴資穎並不是依靠身體條件打球，她是用腦袋和靈感打球。殺球上網這種基本的進攻套路，她當然掌握，但是她還有另外一套得分絕活，那就是假動作。

戴資穎的假動作堪稱世界女單第一。你看她從右面後場，直奔左面網前，這是球場最長的距離，如此被動，所有人都認為她一定只能挑球，將球盡量打到後場，為自己爭取時間。對手早已經做好準備，預先將身體重心後傾，準備移動到後場殺球了，就連戴資穎自己也是打算這樣處理。可是，就在球拍快要擊球的瞬間，戴資穎忽然改變心意，她決定打一個網前勾對角球！球輕輕巧巧的，就這樣以美妙的弧線跨過網前，貼網而落，落在對方場區上。於是，對手判

斷錯誤，人傾往右邊後場，球卻降落在左邊前場，人和球正好在相反方向。對手只有眼睜睜地失分。

職業球手在比賽前，都會觀看對手打球的錄影片段，但戴資穎直言，她從來不看這些影片。她打球從來都是臨場發揮。正因如此，她的打法隨心所欲，變幻莫測。面對如此天才型的球員，對手根本無從猜度。很多時，對手只能墜進她的節奏裏面，快慢慢快，快快慢慢，在不斷加快和突然減慢、停頓的比賽節奏中，疲於奔命。

難怪球評家如此評論她：「戴資穎不是羽毛球手，她是球場上的藝術家。」她的確是一個藝術家，這也是我最欣賞她的地方。

文章分析

資料搜集

寫作不能只靠憑空想像，也不能完全依賴靈感。寫作其中一個基本的準備就是資料搜集。如今的世代，智能電話普及，一般人都懂得上網，資料搜集非常方便。每項運動都有它的規則，所以要描述最喜愛的運動員，就要懂得該種運動的規則，再看看該位運動員的比賽片段，這樣我們才能體會這位運動員出色的地方。以影片為素材，繼而轉化為文字，言之有據，文章自然更為傳神。

動作描寫

運動，顧名思義，就是以動為主，以動作決定勝負。因此面對這個題目，我們可以着力於動作描寫。文章中，作者運用了不少篇幅來描繪戴資穎如何以假動作騙倒對手。整個過程既能反映出戴資穎的球技，又可透過描寫對方措手不及的神態，襯托出戴資穎的瀟灑，可謂一石二鳥。

留意詞句節奏

此文着力經營文章節奏。「貼網而落，落在對方場區上」，此處運用了頂真手法，前句最後一字與後句首字相同，以節奏停頓和相同的字音，營造朗讀時輕快跳躍的效果。「快慢慢快，快快慢慢」，則是以「快慢」二字營造抑揚起伏的讀音，嘗試令讀者聯想到球速快慢的轉變。簡而言之，文章節奏鏗鏘，讀來愉悅，這也是判別文章好壞的重要因素。

詞彙

形容比賽的詞語：

激烈、如火如荼、旗鼓相當、不相上下、穩如泰山、攻勢凌厲

形容動作的詞語：

敏捷、輕鬆、笨拙、不慌不忙、眼疾手快、躡手躡腳、健步如飛、揮灑自如

形容運動員的詞語：

堅毅、刻苦、勤奮、積極、不屈不撓、再接再厲

題目 5 學校裏的校工

步驟 1

想一想

看到作文題目後，你可以從不同角度思考與校工有關的問題，這有助激發你的想像力。

- 校工有什麼職責？
- 你有和校工交談過嗎？
- 你認識的校工樣子如何？
- 你認識的校工個性如何？
- 除了打掃，校工還有什麼職責？
- 保持學校清潔，除了是校工的責任，還是誰的責任？
- 學生下課，校工是否也下班呢？
- 學生上課，校工是否已經上班呢？
- 你有沒有向校工說過謝謝呢？

現在，讓我們把聯想到的東西用思維導圖呈現吧！

步驟 2

思維導圖

學校裏的校工

桐叔

外貌
- 個子高大

個性
- 不愛笑和說話
- 不會開口打招呼
- 校長、老師和同學經過，他都只會輕輕點頭

職責
- 打掃
  - 掃落葉
  - 清理教室垃圾
  - 清理嘔吐物
- 看守校門
  - 我每次回校、離校都看見他坐在門口
  - 有學生回校的日子，桐叔都會在學校

校工職責以外的技能

桐叔打乒乓球很厲害

想成為校隊成員，都要先跟桐叔打球

桐叔領先或落後都沒什麼表情，也很有體育精神

難忘的事

野豬闖入學校

兩個女同學走避不及

桐叔挺身而出

用掃帚嚇退野豬

勇敢

步驟 3 找出重點來

我們通過思維導圖來幫助聯想，但未必每一樣東西都需要放到文章中。你可以選取一些重點寫到文章裏。

校工的外貌、個性

校工的外貌和個性是怎樣的？有沒有特別之處？

校工的職責

從我的觀察，校工有什麼職責？他是一個負責任的校工嗎？

深刻的經歷

我與校工之間，有什麼深刻的事值得記錄呢？

對校工的看法

經過相處，我對這個校工有什麼看法呢？

完成這些步驟，就可以開始寫文章了！

示範文章

學校裏的校工

桐叔是我學校裏的校工，同學每天回校，第一個見到的人就是桐叔。他的個子高大，不苟言笑。無論是同學、老師，甚至校長經過，他都只會輕輕對人點頭，從來不會開口打招呼。

桐叔其中一個職責是打掃。學校裏的落葉，他會打掃乾淨。教室裏的垃圾，他會全部清理。有同學嘔吐，桐叔更會清理嘔吐物。桐叔十分盡責，我每次回校都看見他坐在門口，每次離校時也總是看見他坐在門口。有學生回校的日子，桐叔都會在學校。

桐叔雖然是校工，但他的乒乓球技非常了得。乒乓球隊每次集訓，桐叔都會出現。想成為校隊一員，起碼要能跟桐叔打個平分秋色。桐叔無論是領先還是落後，同樣木無表情，從來不會用言語影響對手。領先時，他不會譏笑對手，落後也不會暴躁不安，是一個很有體育精神的球員。因此，乒乓球隊的隊員都非常尊敬他。

最令我印象深刻的是，桐叔非常勇敢。有一次，一隻野豬闖入了校園裏。野豬長着獠牙，極為嚇人。同學慌忙走避，跑到樓上。可是，有兩個女同學走避不及，還留在小食部。野豬把她們逼至牆角，非常危險。老師、校長、甚至平日兇惡的訓導主任，都手足無措，不敢走下樓梯，情況刻不容緩。這時，桐叔出現了。他拿着平日用來打掃的大掃帚，挺身而出。他勇敢地站在野豬面前，眼神堅定，毫不退讓。

野豬猶豫了，稍微後退。大家不禁鬆一口氣。不過，野豬原來是後退助跑，然後全速向桐叔衝過去。桐叔立即紮穩馬步，用盡全身的力氣將掃帚揮向野豬面前，隨即沙塵飛舞。野豬受驚後，立即轉頭逃跑。桐叔成功拯救了兩個女同學。桐叔豈止是校工，他更是我的偶像。

文章分析

嘗試與別不同

這篇文章特別之處是描寫了個性較為罕見的校工，他是一個卧虎藏龍般的角色。他不但球技了得，還很有體育精神。在學校裏，我們有時也會看到老師和同學們一起打球，但描寫校工打球，則比較是意料之外。當然，校工有他的職責，要是桐叔一天到晚只顧打球，也不太合理。因此，我們在創新之餘，也要描寫他平常的工作，如清潔。不過，這部分在我們這篇文章裏並不是重點，不需要寫得太深入。

營造緊張氣氛

我們在刻畫人物時，會透過事件來突出人物性格，如果當中能寫出緊張情節，文章會更精彩。文章第四、五段，桐叔嚇退野豬的敍述，除了情節緊湊，更是能營造高潮。這一段描寫能夠突出桐叔的勇敢，也能透過當中的動作描寫、嚇退野豬的場面，使文章更緊張和吸引。

多閱讀文學經典

最後，提升文筆和創意的不二法門，其實是多閱讀。桐叔嚇退野豬這一段，其實靈感來自諾貝爾文學獎得主大江健三郎的作品《為什麼孩子要上學》。其中有一個角色叫「河合先生」，他就是桐叔的原型。讀者應當謹記，寫作沒有捷徑，多閱讀才能提升水平。

詞彙

與校工工作有關的詞語：

打掃、清潔、搬運、接待、勞動、污垢、掃帚、手套、一塵不染

與動物有關的詞語：

受驚、迷路、走失、寵物、野生、兇惡、温馴、冬眠

與校園有關的詞語：

老師、同學、教室、操場、禮堂、黑板、書桌、小食部、更衣室、實驗室

題目 6 一個值得尊敬的人

步驟 1

想一想

看到作文題目後，你可以從不同角度思考與值得尊敬的人有關的問題，這有助激發你的想像力。

- 怎樣的人才會受人尊敬？
- 富有的人值得尊敬嗎？
- 努力工作值得尊敬嗎？
- 樂於助人值得尊敬嗎？
- 是否名人才值得敬重？
- 無私的人值得尊敬嗎？
- 有正義感的人值得尊敬嗎？
- 勇於承認錯誤的人值得尊敬嗎？
- 有什麼事例可看出這個人值得尊敬？
- 是否有其他人物可作對比？

現在，讓我們把聯想到的東西用思維導圖呈現吧！

步驟 2

思維導圖

一個值得尊敬的人

很多人認為值得尊敬的人

透過努力讀書才能勝任的職業

例如醫生、律師

我認為值得尊敬的人

尾田榮一郎

漫畫家

代表作

《海賊王》

已經連載了二十多年

廣受歡迎

全球總銷量超過四億本

被改編成動畫、電子遊戲

用故事角色製成各種產品

模型、背包、外套、文件夾

對社會的貢獻

熊本縣大地震，
他化名「路飛」，
捐款八億日元

行善低調

政府為了感謝
他，豎立銅像

被民眾誤會

不得已才公
開捐款的事

對畫漫畫
的熱情

自幼喜愛畫畫，
大學時輟學，投
入漫畫家的工作

成名後沒有
偷懶

長時間工作

不眠不休，有時
連飯也忘了吃

敬業樂業

步驟 3 找出重點來

我們通過思維導圖來幫助聯想，但未必每一樣東西都需要放到文章中。你可以選取一些重點寫到文章裏。

「值得尊敬」的定義

什麼是值得尊敬呢？一般人會怎樣想？

____

我認為值得尊敬的人

我認為誰值得尊敬？他從事什麼職業？

____

人生經歷和成就

他的人生有什麼特別的經歷和成就？

____

值得尊敬的地方

這個人做了什麼，令我覺得他值得尊敬？

____

完成這些步驟，就可以開始寫文章了！

示範文章

一個值得尊敬的人

不少人認為，只有從事醫生、律師等，這些透過努力讀書才能勝任的職業，才會受人尊敬。我卻覺得職業無分貴賤，漫畫家尾田榮一郎是我認為值得尊敬的人。

尾田的代表作是《海賊王》，這部漫畫已經連載了二十多年，依然廣受歡迎。這部講述海盜尋寶的漫畫，全球總銷量超過四億本。這讓他的年收入高達三十一億日元。《海賊王》漫畫被改編成動畫、電子遊戲，當中的角色被製作成不同產品，如模型、背包、外套、文件夾……多不勝數。《海賊王》為無數人帶來歡樂，日本流行文化的璀璨，尾田可算是其中一根重要支柱。

假如你認為如此成功的漫畫家，畫了這麼多年漫畫，一定已經喪失了對畫漫畫的熱情，那你就大錯特錯了。尾田自幼就喜愛畫畫，大學期間毅然輟學，決心投入漫畫家的工作生涯。他如今雖是頂級漫畫家，依然長時間工作，每天只睡數小時。每逢交稿期臨近，更定必通宵工作，不眠不休，有時連飯也忘了吃。他就是如此敬業樂業。

不過，更值得敬重的是他無私奉獻的精神。早年熊本縣大地震，身為熊本人的尾田就以其漫畫角色「路飛」的名義，捐出八億日元，協助社區重建。政府為了感謝他，便為「路飛」豎立銅像，紀念他的貢獻。民眾不知實情，質疑政府和尾田之間利益輸送，政府不得已才公開尾田的捐款數目。由此可見，尾田行善低調，不為求名，值得敬重。不少人為了一睹銅像，遠道而來，食宿、交通、購物等消費，更帶動了當地旅遊業。

誰說漫畫家對社會沒有貢獻、沒有高尚的情操、不值得受人尊重？我一定會搶在尾田之前，第一個站出來反對。

文章分析

引用數據

文章作者認為漫畫家尾田榮一郎是值得尊敬的人，因此就要提出例證來支持這個說法。例如，要點明《海賊王》受歡迎的程度，我們不能只以一句「非常受歡迎」便了事。其中一種常見的方法是引用數據支持，交出確切的數據，這便是言之有據。譬如「漫畫總銷量超過四億本」，這便足以令人信服尾田確實非常受歡迎。同樣，尾田捐款幫助重建，引用了確切數字「八億日元」，這樣就更能令讀者體會到尾田的無私奉獻，足見其品格高尚，值得敬重。

善用故事刻畫個性

尾田敬業樂業的個性，可以透過描寫他自年少以來，便努力不懈地畫漫畫去展現。全文最能展現尾田值得敬重的地方，是化名「路飛」慷慨解囊。這件事能充分展現尾田的高尚品德，證明他不單以漫畫為人帶來歡樂，更能在天災過後，仗義幫助社會上有需要的人。因此文章詳述整件事的來龍去脈，吸引讀者之餘，更令尾田的高尚情操變得更為突出。

首尾呼應

文章首段指出不少人認為醫生、律師才值得受人尊敬，再表明作者認為職業無分貴賤，尾田榮一郎是作者心目中值得尊敬的人。在文章結尾，作者以「搶在尾田之前，第一個站出來反對」作結，當中既有敬重亦有欣賞，又能呼應首段。大家也可嘗試運用首尾呼應的技巧。

詞彙

職業：

演員、護士、司機、菜販、水手、船長、獸醫、郵差、消防員

形容品格的詞語：

高尚、寬容、謙虛、慷慨、樂於助人、自私自利

與感受有關的詞語：

無聊、驚喜、悲傷、苦惱、樂在其中、意想不到、津津有味

題目 7 一個明星

步驟 1

想一想

看到作文題目後，你可以從不同角度思考與明星有關的問題，這有助激發你的想像力。

- 這個明星的外貌是怎樣？
- 他的性格怎樣？
- 他是一個電影明星還是歌星？
- 他是如何出道呢？
- 他出道之前有什麼經歷？
- 他有什麼代表作？
- 他的演藝事業一帆風順嗎？
- 他有負面新聞嗎？
- 他曾經獲得什麼獎項嗎？
- 他受大眾歡迎嗎？

現在，讓我們把聯想到的東西用思維導圖呈現吧！

步驟 2

思維導圖

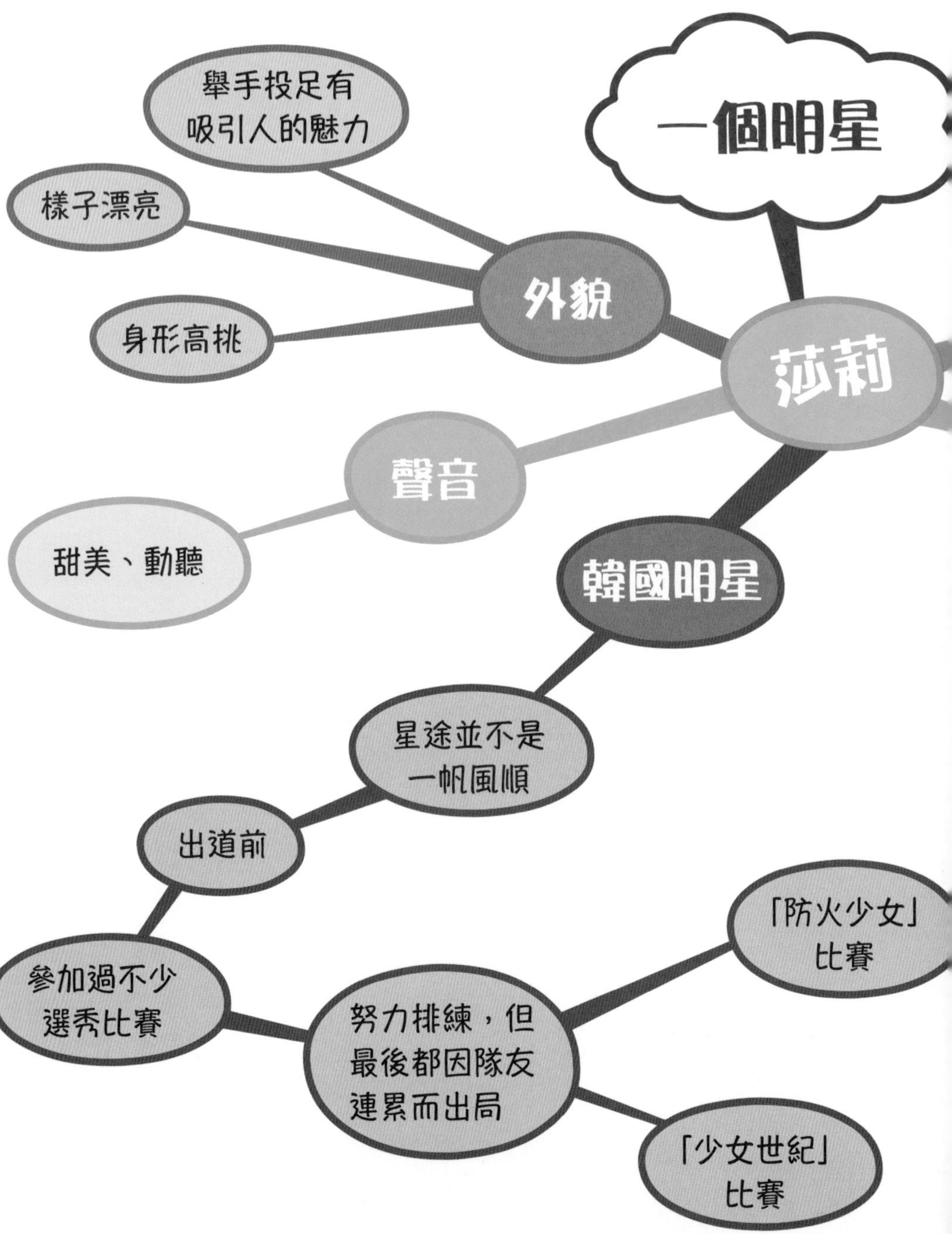

一個明星

莎莉

外貌
- 舉手投足有吸引人的魅力
- 樣子漂亮
- 身形高挑

聲音
- 甜美、動聽

韓國明星
- 星途並不是一帆風順
  - 出道前
    - 參加過不少選秀比賽
      - 努力排練，但最後都因隊友連累而出局
        - 「防火少女」比賽
        - 「少女世紀」比賽

「防火少女」、「少女世紀」先後邀請莎莉成為特約團員

在韓國最大的演唱會場地，舉辦個人演唱會

人們發現她演技好，還能唱會跳

大眾認同

收視保證

性格

不屈不撓

選秀比賽出局後，轉為演員

電影、電視劇、舞台劇都努力嘗試

成為韓劇《天堂客棧》女主角，一舉成名

步驟 3 找出重點來

我們通過思維導圖來幫助聯想，但未必每一樣東西都需要放到文章中。你可以選取一些重點寫到文章裏。

明星的外貌

這個明星的外貌是怎樣的？他有明星的氣質或魅力嗎？

明星的經歷

這個明星在演藝事業上有什麼特別的經歷？

明星的特別之處

這個明星有什麼個人特質？

大眾的認同

大眾喜歡這個明星嗎？認同他的實力嗎？

完成這些步驟，就可以開始寫文章了！

示範文章

一個明星

莎莉是現時最受歡迎的韓國明星。她的樣子漂亮，身形高挑，而且她的聲線像蜜糖般甜美，就算是說「你好」，也比交響樂動聽十倍。可以說，她天生就是巨星，舉手投足都散發着吸引人的魅力。可是，你又是否知道，她捱過多少苦呢？

其實莎莉的星途並不是一帆風順的。她出道前參加過不少選秀節目。她首先參加的是女子樂團「防火少女」的比賽。參賽者分成四組，經過多次淘汰，最後勝出的一組就能成團出道。莎莉努力排練，每天六點鐘就起牀練舞，但她的隊友總是無法跟上拍子，唱歌又走音。無論莎莉如何力挽狂瀾，始終難逃出局的命運。

然而，莎莉並沒有放棄。她之後參加了「少女世紀」的選秀比賽。這次，她的隊友們都很有實力，她們過五關斬六將，只差一步就能組團。可是，這時傳媒卻發現其中一位隊員虛報年齡，另一位隊員則沉迷賭博，莎莉再次被隊友拖累，無法踏上星途。

不過，莎莉實在是一個不屈不撓的女孩。她決定毅然轉換專業，她要成為一個演員。電影、電視劇、舞台劇，她全部努力嘗試。最後她憑着恰到好處的演技，成為了韓劇《天堂客棧》的主角。這個角色讓她一舉成名。她在劇中的對白更是每個年輕人都琅琅上口：「謎底已經解開了，殺人兇手就是你。」莎莉自此成了收視保證。

這時，人們才發現她不單演技好，還能唱會跳。「防火少女」、「少女世紀」等組合都先後邀請莎莉成為特約團員，擔任演唱會的嘉賓，但莎莉都婉拒了。因為她要在韓國最大的演唱會場地「首爾奧林匹克體育場」舉辦莎莉個人演唱會。

莎莉的演藝事業告訴我們，相貌甜美並不代表什麼，只有堅持努力，才是一個明星的成功之道。

文章分析

善用誇張

明星一般都是長相美麗，讓人賞心悦目，所以文章也是先從外貌入手。不過，文章如果只描寫莎莉外貌漂亮是不足夠的，因為明星要比一般人更美麗那才能成為明星。因此，文章中運用了誇張的手法去讚賞莎莉甜美的聲線，描寫她一句「你好」也比交響樂動聽，這是誇張手法。

善用比喻

另外，即使我們説某某明星如何美麗，也是頗為抽象的。美麗也分很多種的，柔弱可愛、成熟美豔都是美，因此我們不能只以「美麗」一詞敷衍過去。無論是寫樣貌、聲線，還是動作，我們都可以考慮運用比喻，讓形象更具體，例如文章中第一段「像蜜糖般甜美」，用香甜的食物作比喻，這樣就能讓讀者感受到莎莉的聲線如何甜美。比喻是重要的寫作技巧，宜多加運用。

情節特別

當我們描寫人物時，很多時都會嘗試刻畫人物的個性。如果在描寫人物個性時，能寫出緊張有趣、意想不到的情節，那就更是錦上添花。像《我最好的朋友》一文（本書第29頁），作者寫子玉如何用智慧嚇退小偷，就是很好的例子。在本文中，莎莉多次因為隊友拖累而無法出道，但依然堅持不懈，終於成為巨星。這件事的情節曲折，既能突顯莎莉的不幸，又能突出她個性堅毅。由此可見，在描寫人物時，選取情節特別的事件來描寫，能令文章生色不少。

詞彙

形容明星的詞語：

光芒四射、魅力非凡、美麗動人、英俊瀟灑、風度翩翩

與音樂有關的詞語：

旋律、歌詞、流行曲、柔和、激昂、勁歌熱舞、節拍強勁、膾炙人口、百聽不厭

與電影、劇集有關的詞語：

沉悶、懸疑、誇張、緊湊、不合情理、粗製濫造

題目 8 英雄

步驟 1

想一想

看到作文題目後，你可以從不同角度思考與英雄有關的問題，這有助激發你的想像力。

- 英雄有什麼特質？
- 漫畫人物可以是英雄嗎？
- 歷史人物可以是英雄嗎？
- 英雄一定是名人嗎？
- 英雄一定是社會地位崇高的人嗎？
- 英雄一定是智慧過人嗎？
- 品格高尚的人是英雄嗎？
- 英雄是否要有特別技能？
- 誰是你心目中的英雄？
- 你可以成為英雄嗎？

現在，讓我們把聯想到的東西用思維導圖呈現吧！

步驟 2

思維導圖

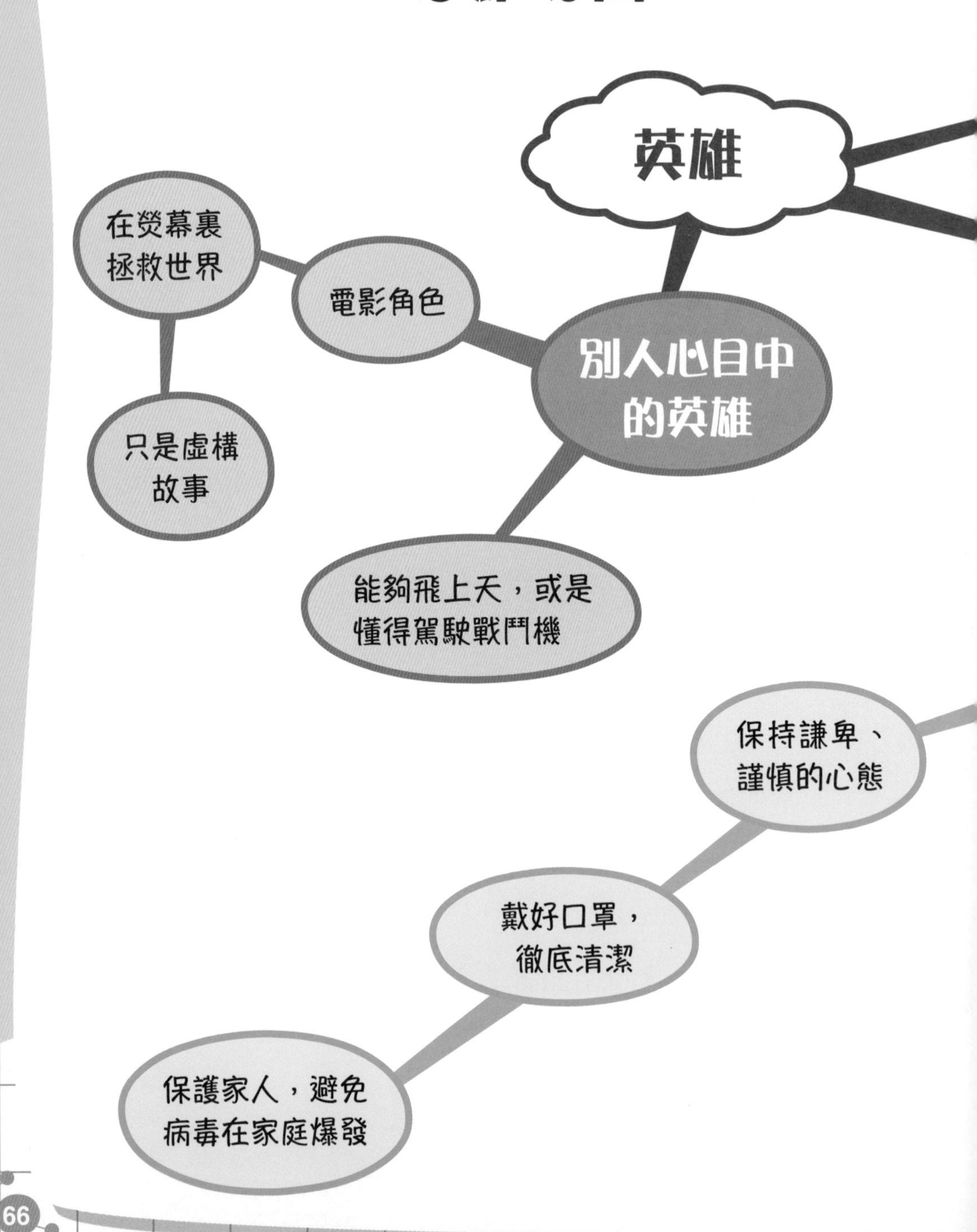
英雄
別人心目中的英雄
電影角色
在熒幕裏拯救世界
只是虛構故事
能夠飛上天，或是懂得駕駛戰鬥機
保持謙卑、謹慎的心態
戴好口罩，徹底清潔
保護家人，避免病毒在家庭爆發

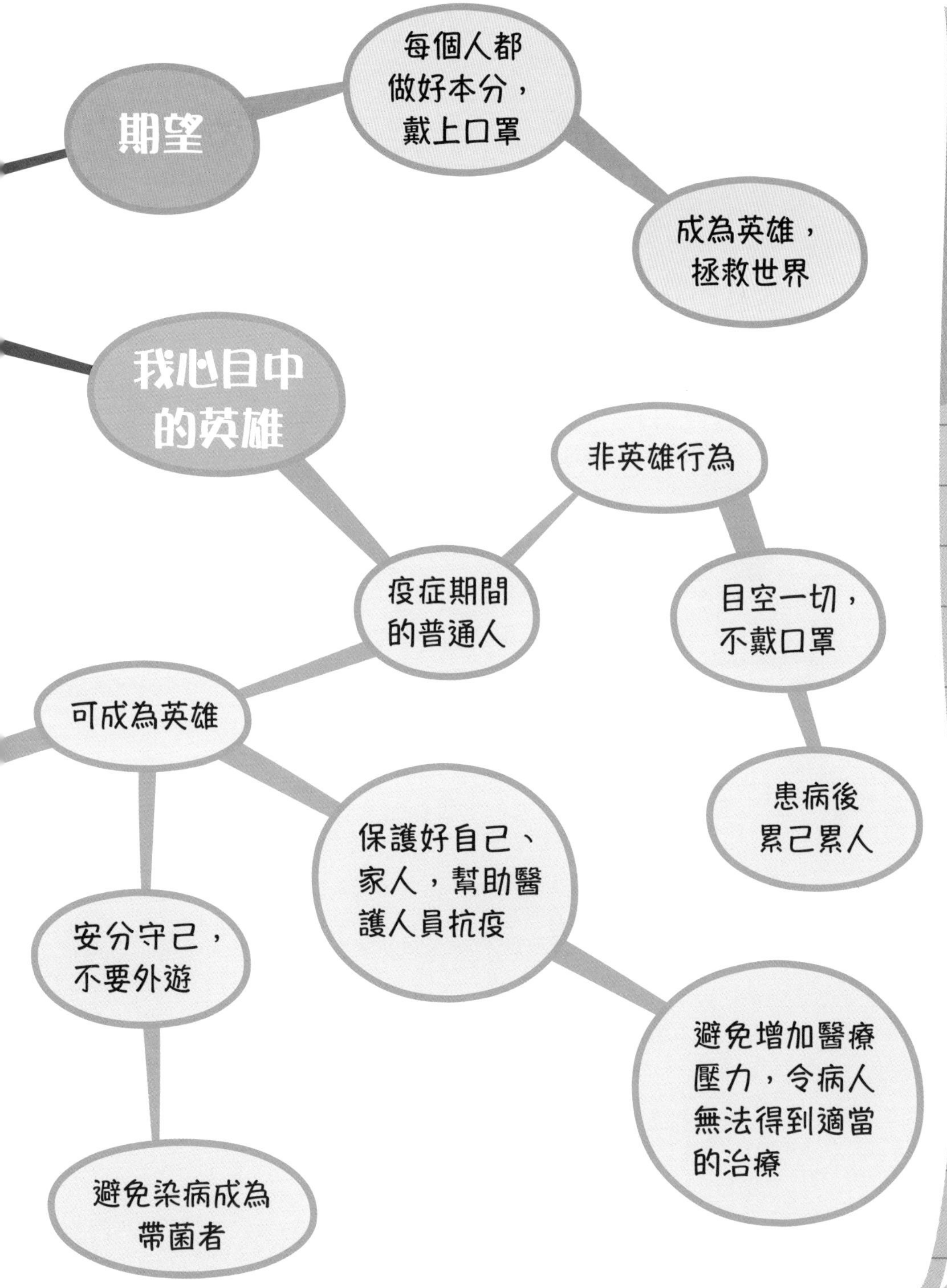

期望

每個人都做好本分，戴上口罩

成為英雄，拯救世界

我心目中的英雄

疫症期間的普通人

非英雄行為

目空一切，不戴口罩

患病後累己累人

可成為英雄

保護好自己、家人，幫助醫護人員抗疫

避免增加醫療壓力，令病人無法得到適當的治療

安分守己，不要外遊

避免染病成為帶菌者

步驟 3　找出重點來

我們通過思維導圖來幫助聯想，但未必每一樣東西都需要放到文章中。你可以選取一些重點寫到文章裏。

一般人心目中的英雄

在一般人心目中，會視哪些人為英雄？

英雄的定義

怎樣的人才算是英雄？普通人也可以是英雄嗎？

我心目中的英雄行為

我心目中的英雄會做些什麼？

對英雄的期望

我期望英雄會做些什麼來改變世界？

完成這些步驟，就可以開始寫文章了！

示範文章

英雄

談起英雄，同學們不是說「塑膠奇俠」就是「南非隊長」，再不然就是超人。可是，他們都只不過是電影角色，無論在熒幕裏拯救了世界幾多次，都只是一個又一個緊張刺激的虛構故事。如今，真正拯救世界的，就是「我們」—— 每個普通人。

人們總是以為能夠飛上天，或是懂得駕駛戰鬥機，才配稱得上是英雄。不過，無論你如何厲害，在現今新冠肺炎疫情下，一旦染疾，依然隨時喪命。有些人以為人定勝天，目空一切，連口罩也懶得戴，結果染上頑疾，累己累人。

如果我們能保持謙卑、謹慎的心態，面對病毒時毫不驕傲，情況就不一樣了。每次外出，定必戴好口罩。每次回家定必徹底清潔雙手、洗澡、更換全身衣物。我們不但能降低自己染疾的機會，更能像英雄一樣保護家人，避免病毒在家庭爆發。

在疫情期間，因為很多地方都有防疫規定，入境人士必須經過一段時間的隔離，所以我們不能到處旅行，更不會興之所至，趁周末坐一趟飛機到日本浸溫泉。雖然很多人都渴望去旅行，但假如我們在旅行期間染病，回香港後便會成為帶菌者，令疫情惡化，加速病毒變種。只要我們安分守己，如非必要，不要外遊，我們正是切斷跨國傳播鏈的重要英雄。

「普通人」安守本分，不單是保護好自己、家人，更是幫助醫護人員抗疫。試想像一下，假如我們普通人也驕傲自大，不戴口罩，到處玩樂，醫院病牀早就不勝負荷，病人就無法得到適當的治療。正因為我們普通人處處小心，注意安全，才不至令香港的醫護人員百上加斤。

所以，大家不要猶豫了，戴上口罩，像我們「普通人」那樣，成為一個默默付出的英雄，一起拯救世界吧！

文章分析

立意新穎

這篇文章值得留意之處是如何解釋「英雄」。一般我們會認為英雄必定是廣受歡迎、出類拔萃。「普通人」和「英雄」看似是兩種不同的人，但這篇文章則反其道而行，描寫「普通人」來發揮英雄的意思。這種寫法並不常見，如處理得宜，則可令文章鶴立雞羣，與別不同。雖然內容新穎，但我們要留意緊扣題目，寫出普通人的英雄特質。

刻畫個性

在品格方面，文章着力於描寫普通人注意衞生、戴口罩、勤洗手，由此顯示出普通人的謙卑個性。謙卑個性，讓普通人能保護自己和家人。保護人，正是英雄所為。

在能力方面，文章着力描寫普通人不外遊，安分守己，從而切斷跨國傳播鏈。這體現出並不是高調地行事才算是英雄，低調、安守本分同樣可以達到偉大的效果。

在貢獻方面，文章指出普通人「不單是保護好自己、家人，更是幫助醫護人員抗疫」。這樣，普通人就同樣做到幫助羣眾、保護社會的效果。

善用對比

值得留意的是文章把兩種面對疫情的態度作對比，指出有些人目空一切，有些人則謙卑、謹慎，這樣就能令謙卑、謹慎的人的英雄形象更鮮明，令讀者明白，普通人其實也可以成為英雄。

詞彙

形容處事方式的詞語：

馬虎、謹慎、奉公守法、小心翼翼、任意妄為、粗心大意

與體形有關的詞語：

矮小、修長、雄壯、健碩、魁梧、強壯、輕盈、亭亭玉立、虎背熊腰

與氣概有關的詞語：

豪邁、小器、氣宇軒昂、無所畏懼、畏首畏尾、不怒自威

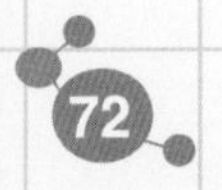

現在由你嘗試利用思維導圖寫作了！請跟着以下步驟試試看。

練習題目 爸爸

步驟 1：想一想

看到作文題目後，你可以從不同角度思考與爸爸有關的問題，這有助激發你的想像力。

- 爸爸的樣子怎樣？
- 爸爸的個性如何？
- 爸爸年紀多大？
- 爸爸會和你一起玩耍嗎？
- 爸爸的職業是什麼？
- 爸爸工作辛苦嗎？
- 爸爸曾經教導你什麼道理？
- 你和爸爸的關係如何？
- 你喜歡爸爸嗎？

請根據聯想到的東西完成下頁的思維導圖，幫助思考。你可以按需要把思維導圖延伸，並另外用紙書寫。

步驟 2：思維導圖

步驟 3：找出重點來

請你從思維導圖中選取一些重點寫到文章裏，快取出紙張動筆寫寫看吧！

第二部分

寫物的文章要怎樣寫？

寫物的文章

寫物的文章也是我們常見的作文題目，題目可以很廣泛，例如《流浪貓》、《一棵榕樹》、《米飯》、《洋娃娃》、《鉛筆》、《牙刷》等，動物、植物、食物、玩具、文具、日常用品都是寫物文章的題材。

觀察和想像

對很多人來說，要把一隻動物或一件看似平平無奇的物件寫得精彩，是很困難的事，往往看着題目而不知道應該怎樣落筆。

加強觀察和想像，有助我們寫好這類文章。我們覺得寫物的文章難，其中一個原因是對那樣東西不熟悉，如果能仔細地觀察，從它的外形、大小、顏色、質地等方面描寫，找出當中的獨特之處再擴展，文章也就更豐富了。我們又可以加一些想像，如運用擬人法、比喻等手法，把物當作人來寫，例如「柳樹被風吹得搖搖擺擺，像一個孩子在盪着鞦韆」，這樣可以令文章更生動、更有想像空間。

題目 1 美食

步驟 1

想一想

看到作文題目後，你可以從不同角度思考與美食有關的問題，這有助激發你的想像力。

- 你最喜歡吃什麼食物？
- 這食物需要什麼材料？
- 如何烹調這種食物？
- 你第一次吃到這種美食是在什麼地方？
- 是誰烹調這種美食讓你品嘗？
- 這種美食需要特別工具來進食嗎？
- 是否每個人烹調這種食物，味道都一樣呢？
- 這款美食對你有特別意義嗎？

現在，讓我們把聯想到的東西用思維導圖呈現吧！

步驟 2

思維導圖

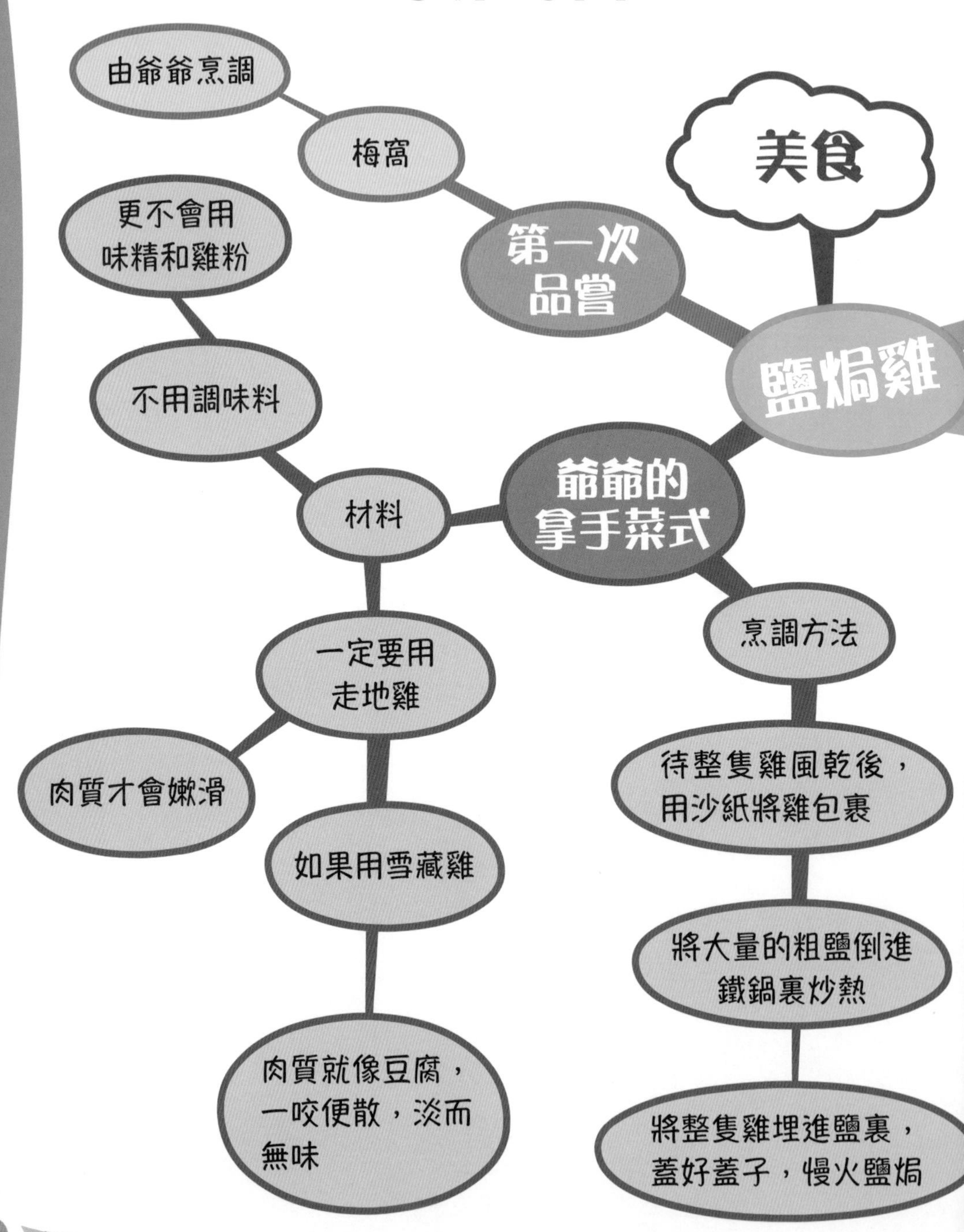
美食
鹽焗雞
第一次品嘗
梅窩
由爺爺烹調
爺爺的拿手菜式
材料
不用調味料
更不會用味精和雞粉
一定要用走地雞
肉質才會嫩滑
如果用雪藏雞
肉質就像豆腐，一咬便散，淡而無味
烹調方法
待整隻雞風乾後，用沙紙將雞包裹
將大量的粗鹽倒進鐵鍋裏炒熱
將整隻雞埋進鹽裏，蓋好蓋子，慢火鹽焗

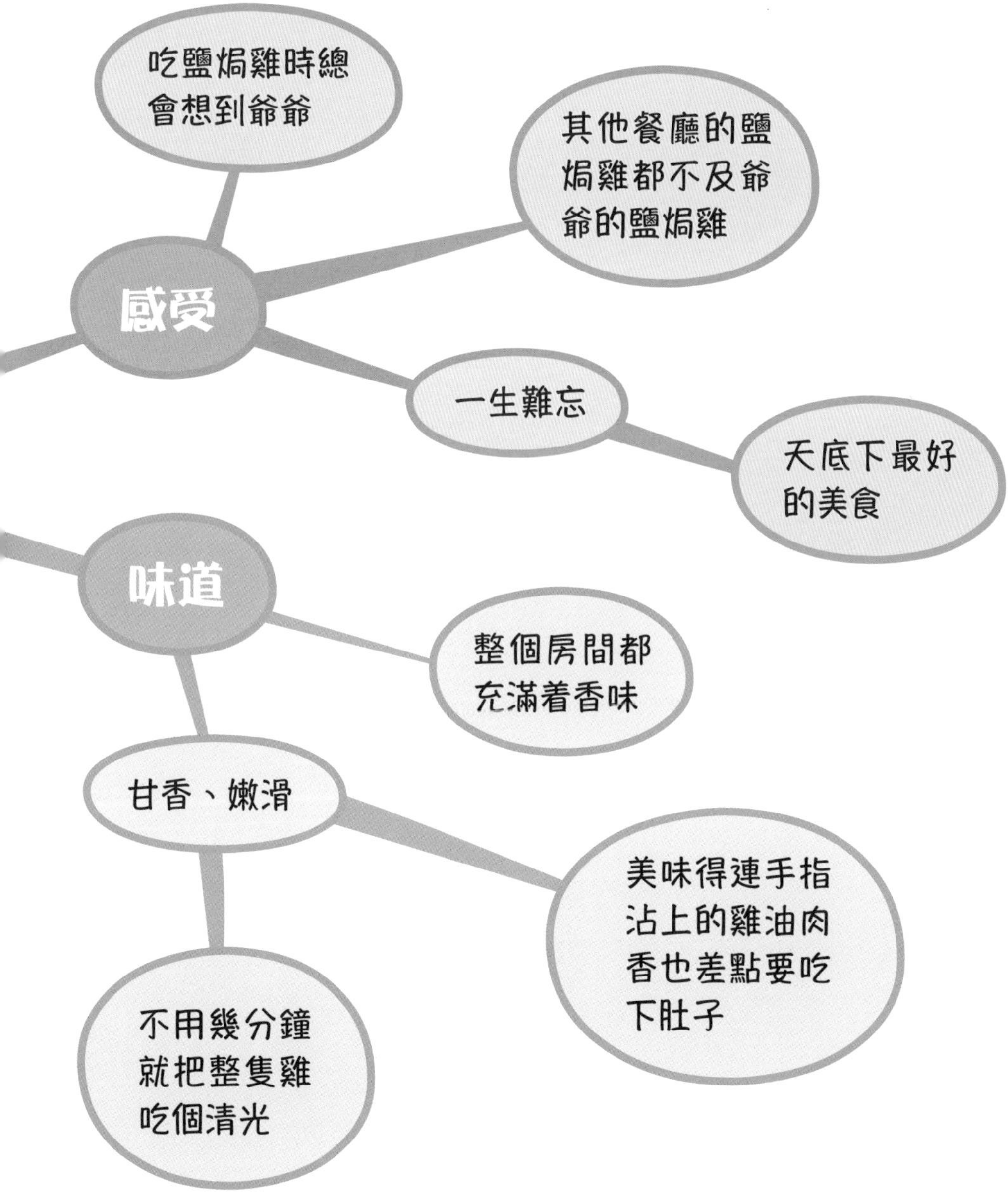

感受

吃鹽焗雞時總會想到爺爺

其他餐廳的鹽焗雞都不及爺爺的鹽焗雞

一生難忘

天底下最好的美食

味道

整個房間都充滿着香味

甘香、嫩滑

美味得連手指沾上的雞油肉香也差點要吃下肚子

不用幾分鐘就把整隻雞吃個清光

步驟 3　找出重點來

我們通過思維導圖來幫助聯想，但未必每一樣東西都需要放到文章中。你可以選取一些重點寫到文章裏。

選出一種美食

我最喜歡的美食是什麼？

這種美食的特點

這種美食是怎樣烹調的？它的味道如何？

美食與特別的回憶

這種美食與我之間有什麼特別的回憶？

美食寄託的感情

這種美食讓我有什麼感受呢？

完成這些步驟，就可以開始寫文章了！

美食

我最喜歡的食物是鹽焗雞。我第一次吃這種菜式是在梅窩，它是爺爺的拿手菜式。自此以後，我吃鹽焗雞總會想到爺爺。

爺爺做鹽焗雞不用調味料，更不會用味精和雞粉。那天早上，爺爺先從後園捉來一隻雞。接下來，就是去毛、沖水、風乾的步驟。爺爺說：「做鹽焗雞一定要用走地雞，肉質才會嫩滑。如果用雪藏雞，肉質就像豆腐，一咬便散，淡而無味。」大約黃昏時，整隻雞已經乾身。爺爺就用沙紙將雞包裹，然後他將大量的粗鹽倒進鐵鍋裏炒熱。那不是普通的「大量」，而是三公斤的粗鹽。這樣他就能將整隻雞埋進鹽裏，蓋好蓋子，慢火鹽焗。

大概是一小時後，爺爺就把雞從鍋裏拿到桌子上。沙紙非常熱，爺爺小心地將沙紙揭開。鹽香、雞香乘着熱氣，噴湧而出，整個房間都充滿着香味。我對爺爺說：「讓我去廚房拿碗筷出來。」爺爺回答說：「吃鹽焗雞不能用筷子，要用手吃才美味。阿爺撕一隻雞腿給你吃。」那真是一生難忘。那甘香、那嫩滑，手指沾上的雞油肉香也差點要吃下肚子。沙紙上黏滿粗鹽，看着那些雪白發亮的鹽粒，我忍不住輕輕地把雞胸肉點一點粗鹽。那個鹽味真是非常刺激。爺爺、爸爸、媽媽和我，不用幾分鐘就把整隻雞吃個清光。

我在不同的餐廳吃過許多鹽焗雞，但這些雞全部都不及爺爺的鹽焗雞。有時我還未吃下去，就已經知道廚師有沒有下過工夫。因為最好吃的鹽焗雞，根本不用點任何醬料。用醬料配搭來吃，就會破壞鹽焗的甘香。

我們每次回梅窩探望爺爺，爺爺總是會做鹽焗雞。那真是天底下最好的美食。

文章分析

描寫色香味

本文作者描寫了第一次吃爺爺炮製的鹽焗雞的經歷，再對比其他餐廳的鹽焗雞。既然題目是《美食》，我們就要突顯出這種食物如何美味。要描寫美食，從色香味三方面入手是穩妥的做法。因此，作者着力描寫鹽焗雞的甘香，如「鹽香、雞香乘着熱氣，噴湧而出，整個房間都充滿着香味」，具體地表達鹽焗雞的美味。

描寫烹調方法

每樣食物之所以是美食，首先要配合適當的烹調方法，將食物的味道好好發揮。因此，作者鉅細靡遺地寫鹽焗雞的烹調方法，在食材、火候、食具都有其講究之處。因為美食並不是憑空而降，而是要人下工夫的，仔細寫鹽焗雞的烹調方法，可以顯示菜式的獨特和珍貴，也能表達了作者愛吃鹽焗雞之情。

借人寫物，借物寫人

最後，本文亦反映了作者對爺爺的喜愛之情。爺爺在文中的角色如同智者，親身向作者示範了做鹽焗雞的正確方法。他教導作者如何做鹽焗雞，如何吃鹽焗雞。鹽焗雞成為了作者的家傳美食，作者每次吃鹽焗雞都想起爺爺。因此，這篇文章是借人寫物，也是借物寫人。

詞彙

食物：

蔬菜、海鮮、豬肉、雞肉、雞蛋、水果、甜點、糖果、冷藏食物、零食

調味料：

薑、鹽、糖、葱、蒜頭、胡椒、辣椒、豉油

形容食物味道的詞語：

甘甜、苦澀、辛辣、鮮嫩、香噴噴、淡而無味、一試難忘、香氣撲鼻、色香味俱全

題目 2 書

步驟 1

想一想

看到作文題目後，你可以從不同角度思考與書有關的問題，這有助激發你的想像力。

- 你喜歡看書嗎？
- 你喜歡看什麼類型的書？
- 你多數在什麼時候看書？
- 你有定時閱讀的習慣嗎？
- 你看的書是字多還是圖畫多？
- 有人和你一起看書嗎？
- 你是自己選書還是別人替你選書？
- 你覺得看書有什麼益處？
- 你覺得看書有趣嗎？
- 你會買書嗎？

現在，讓我們把聯想到的東西用思維導圖呈現吧！

步驟 2

思維導圖

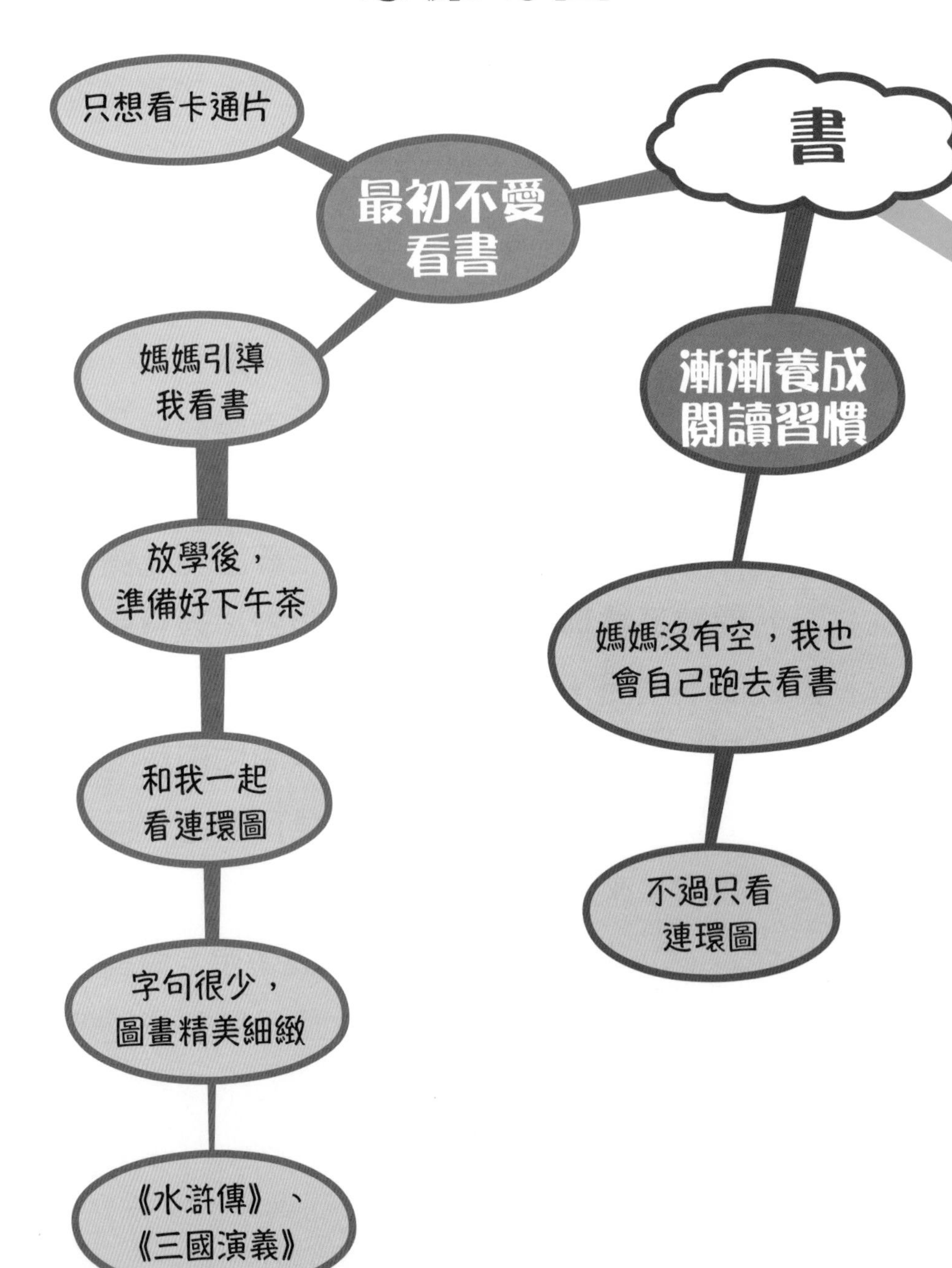

書
最初不愛看書
只想看卡通片
媽媽引導我看書
放學後，準備好下午茶
和我一起看連環圖
字句很少，圖畫精美細緻
《水滸傳》、《三國演義》
漸漸養成閱讀習慣
媽媽沒有空，我也會自己跑去看書
不過只看連環圖

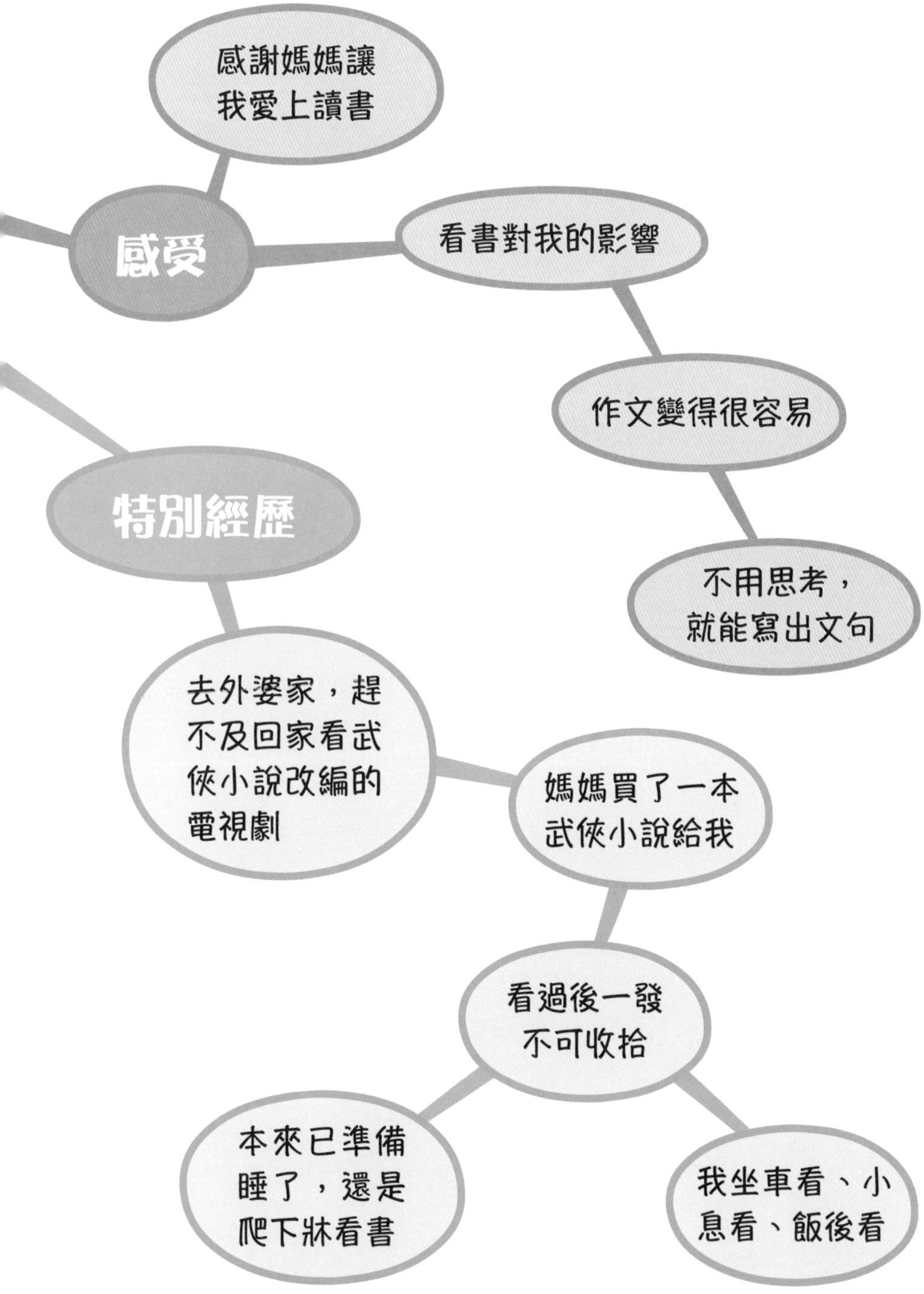

感謝媽媽讓
我愛上讀書

感受

看書對我的影響

作文變得很容易

不用思考，
就能寫出文句

特別經歷

去外婆家，趕
不及回家看武
俠小說改編的
電視劇

媽媽買了一本
武俠小說給我

看過後一發
不可收拾

本來已準備
睡了，還是
爬下牀看書

我坐車看、小
息看、飯後看

步驟 3　找出重點來

我們通過思維導圖來幫助聯想，但未必每一樣東西都需要放到文章中。你可以選取一些重點寫到文章裏。

我對書的看法

我喜歡看書嗎？比起其他活動，我更喜歡哪種？

____

看書的喜好

我喜歡或不喜歡看哪些書？為什麼？

____

令我喜愛看書的原因

有沒有什麼特別的經歷使我愛上閱讀？

____

看書後的改變

看書後，我有什麼改變？

____

完成這些步驟，就可以開始寫文章了！

書

我喜歡看書，看書真是非常有趣。

最初，我並不喜歡看書，我只想看卡通片，但媽媽自有她的方法引導我。每天放學回家，她都會為我準備好下午茶。有時是蛋糕，有時是燒賣、魚蛋。我們一起坐在沙發上吃小食。吃完小食，媽媽就和我看連環圖。這些連環圖的字句都很少，圖畫非常精美細緻，就連《水滸傳》中的角色——九紋龍史進的刺青和肌肉線條都清晰可見。我們看完了《水滸傳》，就看《三國演義》。這些連環圖真的非常精彩。關羽「温酒斬華雄」真是威武。趙雲更是我最喜愛的三國武將，趙雲「長坂坡七進七出」，在曹操的千軍萬馬中，來回衝殺，如入無人之境，那才真是雄姿英發，千古風流人物。

在媽媽的引導下，我漸漸地養成了放學回家後，定時閱讀的習慣。有時即使媽媽沒有空，我也會自己跑去看書。但嚴格來說，我也只是看連環圖，似乎跟真正的書還有點距離。這時媽媽又有想法了。有天，媽媽和我去探望外婆，趕不及回家看武俠小說改編的電視劇。媽媽說：「不要擔心，就算趕不及回家，也能夠隨時重溫。明天下午你就知道了。」

原來，媽媽買了一本武俠小說給我。我一看之下，頓時一發不可收拾，廢寢忘餐。坐車看，小息看，飯後看。即使是星期天放假，我也一大清早爬起牀看書。有時我爬上牀準備睡了，結果還是要爬下牀，扭開書桌燈看書，無論如何也要再讀一個章回才肯睡覺。那些愛恨分明的角色，那些神奇奧妙的武功，全部都吸引着我。

自從我愛上看書後，我發現學校的作文題目實在太容易了。我完全不用思考，文句自自然然從筆尖裏，源源不絕地流出來。感謝媽媽，讓我愛上了讀書。

文章分析

選擇適合的內容

每一篇文章都可以有許多種不同寫法。就《書》這個題目，你可以寫很多本書，可以寫一本書如何印刷出版，可以寫一本書如何寫成，可以寫你最喜愛或討厭的一本書，而作者選擇了寫他如何愛上看書。如果作文內容包含自己的親身經歷，寫起來就會更得心應手。

借人寫書，借書寫人

本文首先描寫作者如何由不喜歡看書到養成了定時閱讀的習慣。在過程中，作者的媽媽循循善誘、身體力行地引導作者閱讀。文中描寫媽媽為作者預備下午茶、一起閱讀連環圖等等，這樣一來能夠點明作者喜愛看書的開始，也能寫出媽媽對作者的關愛之情。其後，作者進一步描寫母親如何透過電視劇去引導作者閱讀更艱深的書籍。借人寫書，借書寫人，作者對書和對母親的愛互相交融輝映，是本文特別之處。

言之有據

要小孩子喜愛閱讀，就需要令他們發掘到當中的樂趣。因此，作者列舉了不少喜愛的書中人物，像史進、關羽、趙雲等，也點明了他喜歡閱讀武俠小説的原因，這樣就更言之有據。另外，作者也細緻描寫了自己廢寢忘餐地閱讀的情況，以此看出作者愛上閱讀。

詞彙

書籍類別：

科幻小說、武俠小說、散文集、詩集、歷史故事、愛情小說、劇本、遊記

古典小說人物：

諸葛亮、曹操、關羽、林沖、魯智深、賈寶玉、林黛玉、孫悟空、唐三藏

與讀書求學有關的典故：

鑿壁偷光、韋編三絕、寒窗苦讀、孟母三遷、開卷有益、學富五車、程門立雪

題目 3 馬桶

步驟 1

想一想

看到作文題目後，你可以從不同角度思考與馬桶有關的問題，這有助激發你的想像力。

- 什麼地方會有馬桶？
- 馬桶有什麼作用？
- 公眾馬桶是由誰清理？
- 你用完公眾馬桶會沖水嗎？
- 抽水馬桶在全世界普及嗎？
- 馬桶怎樣才算乾淨？
- 你有試過清理馬桶嗎？
- 如果世界上沒有馬桶會怎樣？
- 馬桶和傳染病有關嗎？

現在，讓我們把聯想到的東西用思維導圖呈現吧！

步驟 2

思維導圖

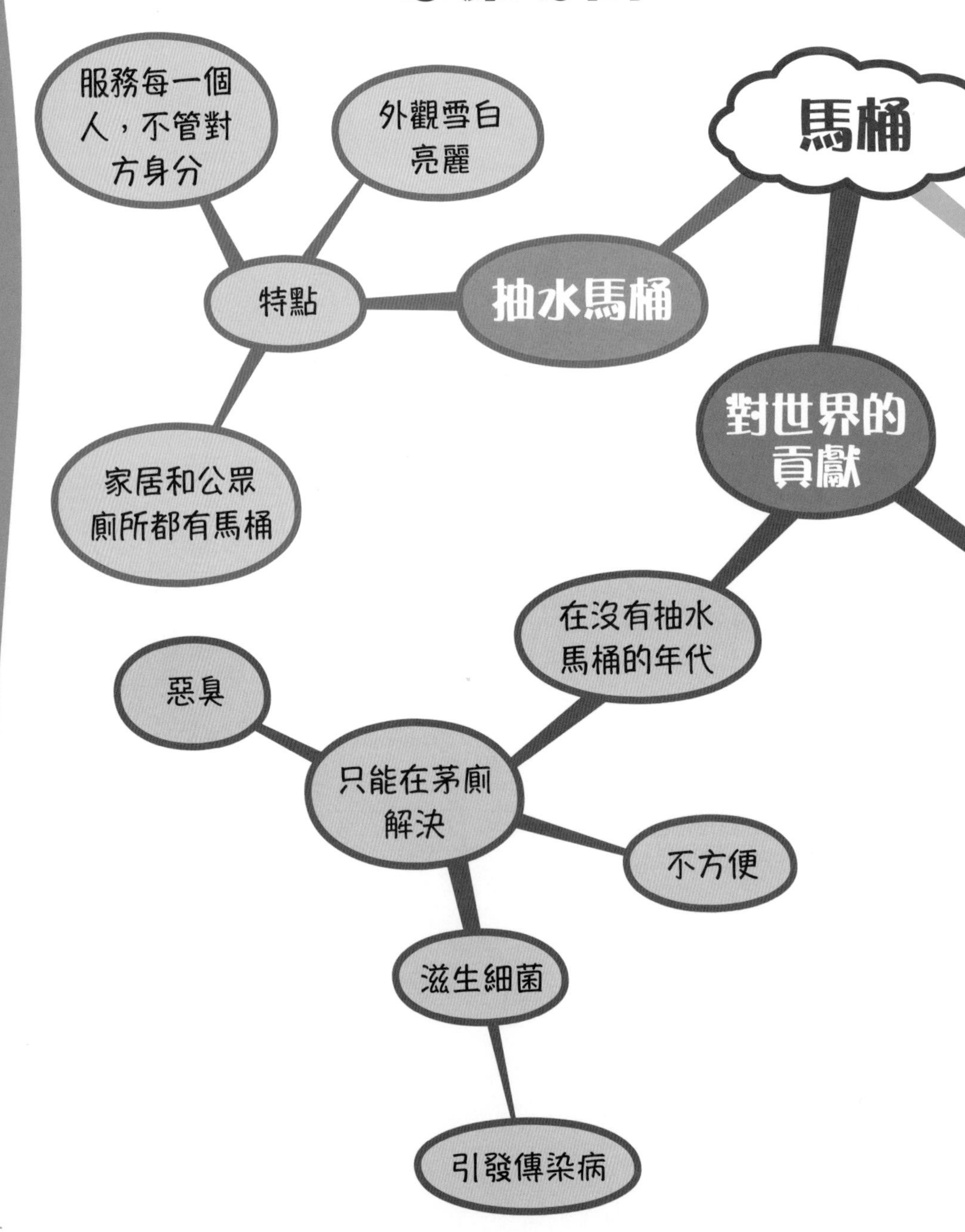

馬桶
抽水馬桶
特點
服務每一個人，不管對方身分
外觀雪白亮麗
家居和公眾廁所都有馬桶
對世界的貢獻
在沒有抽水馬桶的年代
只能在茅廁解決
惡臭
不方便
滋生細菌
引發傳染病

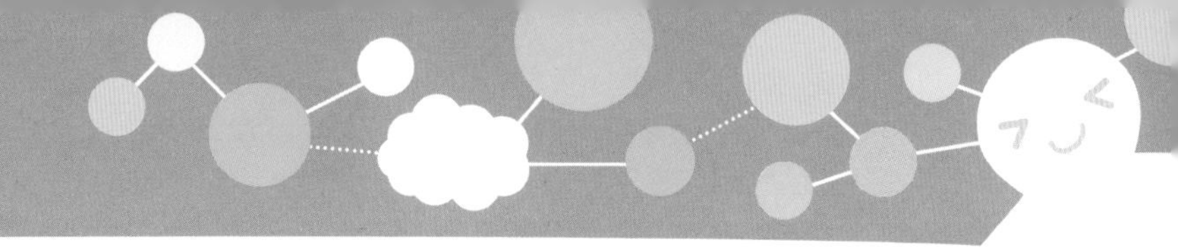

使用馬桶的態度

抱着感恩的心

不是每個地方都有抽水馬桶

保持廁所衛生

為他人着想

抽水馬桶的普及

許多地方負擔不起抽水馬桶

水源短缺的地方不能用珍貴的水來沖廁

幸福並不是必然

抽水馬桶出現後

對世界有重大的影響

沖一沖水，排泄物就消失

污水處理廠將污染減到最低

步驟 3　找出重點來

我們通過思維導圖來幫助聯想，但未必每一樣東西都需要放到文章中。你可以選取一些重點寫到文章裏。

馬桶的特點

馬桶是什麼？它有什麼功能？

馬桶的演變

沒有抽水馬桶時，人類是用什麼如廁的？

馬桶的貢獻

馬桶對人類有什麼貢獻？它有改變人類的生活嗎？

對待馬桶的態度

我們應該怎樣善用馬桶？

完成這些步驟，就可以開始寫文章了！

示範文章

馬桶

我是一個馬桶，一個雪白亮麗的抽水馬桶。你問我喜歡我的工作嗎？老實說，我非常自豪。不論貧富貴賤、忠惡良善，我一律都會帶着包容的心去幫助他，來者不拒，這就是馬桶的本分。

不要少看我，我對人類其實有極大的貢獻。講到這裏你一定忍不住想偷笑了。你一定覺得我是在吹牛了，但這是真的。試想像一下，在沒有抽水馬桶的年代，人類就只能在茅廁解決。堆積的排泄物造成惡臭，真是噁心，而且滋生細菌。許多傳染病就是這樣一發不可收拾，這是多麼不衞生。

不過，自從我出現後，整個世界就煥然一新了。人類正式進入了抽水馬桶的年代。沖一沖水，所有排泄物全部消失。渠管連接污水處理廠，然後人類就可以過濾污水，沉澱廢物。污水處理廠將污染減到最低，才將廢水排出大海。抽水馬桶真是整個污水處理系統的重要一環。

生活在香港社會，大家可能覺得抽水馬桶是基本的廁所設備。事實上，全世界依然有許多地方負擔不起抽水馬桶。首先，偏遠的農村難以負擔安裝馬桶的費用，更莫說馬桶背後的排污系統。其次，水源短缺的地方，用珍貴的水來沖廁，那真是暴殄天物。所以說，幸福並不是必然，擁有抽水馬桶也不是必然。

因此我奉勸大家，從今天起，不要再覺得抽水馬桶是污穢不潔的東西。你們應當抱着感恩的心去使用抽水馬桶，並且保持廁所衞生。如果第一個登月的人說：「我現在的一小步，是人類歷史的一大步。」那麼我要說：「輕輕按一下水吧，這是人類文明的一大步。」

文章分析

善用擬人法

這篇文章的寫法是擬人法，以馬桶作第一人稱。首段先寫馬桶的外表和工作，自我介紹，這種表達方式令文章更生動活潑。一般來説，人們會覺得馬桶並不是重要的東西，而且非常不乾淨，但這篇文章反其道而行，以馬桶的身分指出它對人類的重要性。馬桶不但改變世界，更是以大愛精神包容世人，減少傳染病，拯救世界，這是其特別之處。

物品也有個性

人的特別之處在於每個人的個性、喜好都不同。這篇文章寫出了一個觀察入微、對人類歷史有深刻體會的馬桶。作者賦予了這個馬桶非常突出的性格。這是一個學識淵博、對人富有同情心的馬桶。透過詳細描寫抽水馬桶與排污系統的關係，讓人對看似簡單的馬桶有更深入的認識。而且這個馬桶更點出了抽水馬桶這種方便的發明在很多地方仍然並未普及，像農村和水源短缺的地區，很多人依然無法使用抽水馬桶，由此帶出「幸福不是必然」的道理。

引用名句

文章最後以太空人岩士唐登陸月球的名句來作結。這樣就能出其不意，將登陸月球和用完馬桶後沖水聯繫起來。道德教誨如果直接講出來，比較難令人接受，用一種略帶誇張和幽默的手法，是值得考慮的寫法。

詞彙

與廁所有關的物品：

馬桶、鏡子、毛巾、廁紙、浴缸、花灑、抽氣扇、洗手盆、熱水爐

與廁所環境有關的詞語：

濕滑、惡臭、乾淨、衞生、積水、滿布污漬

與幸福有關的詞語：

感恩、珍惜、滿足、嚮往、富裕、喜悅、温馨、安居樂業、豐衣足食

題目 4 石頭

步驟 1

想一想

看到作文題目後，你可以從不同角度思考與石頭有關的問題，這有助激發你的想像力。

- 這是一塊什麼質料的石頭？
- 這塊石頭在哪裏？
- 這塊石頭是天然的嗎？
- 這塊石頭珍貴嗎？
- 這塊石頭有歷史價值嗎？
- 這塊石頭對你有特別意義嗎？
- 這塊石頭是建築物的一部分嗎？
- 石頭還有其他特別功用嗎？
- 有什麼神話或故事是與石頭有關的？

現在，讓我們把聯想到的東西用思維導圖呈現吧！

步驟 2

思維導圖

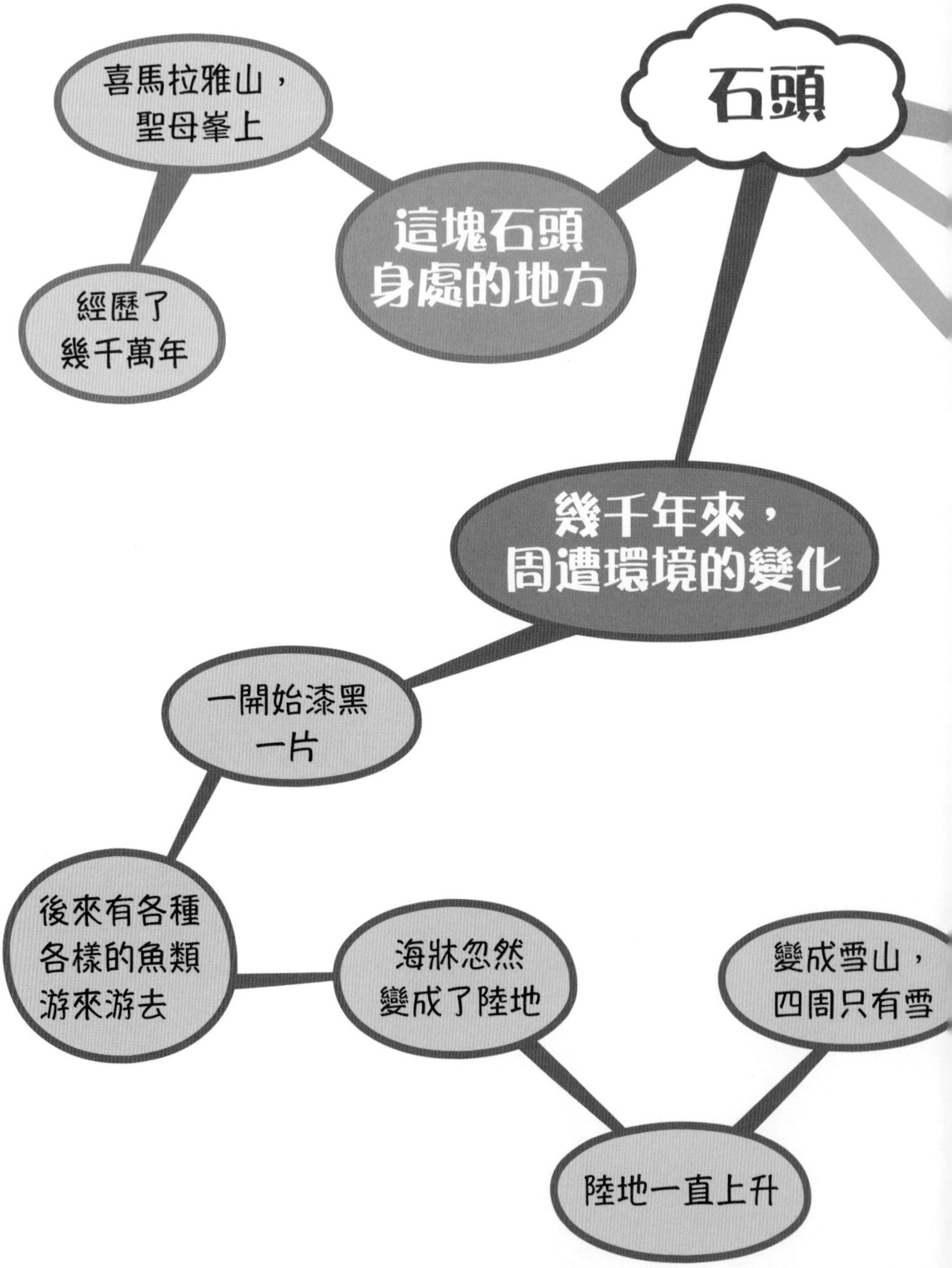

石頭

這塊石頭身處的地方

喜馬拉雅山，聖母峯上

經歷了幾千萬年

幾千年來，周遭環境的變化

一開始漆黑一片

後來有各種各樣的魚類游來游去

海牀忽然變成了陸地

陸地一直上升

變成雪山，四周只有雪

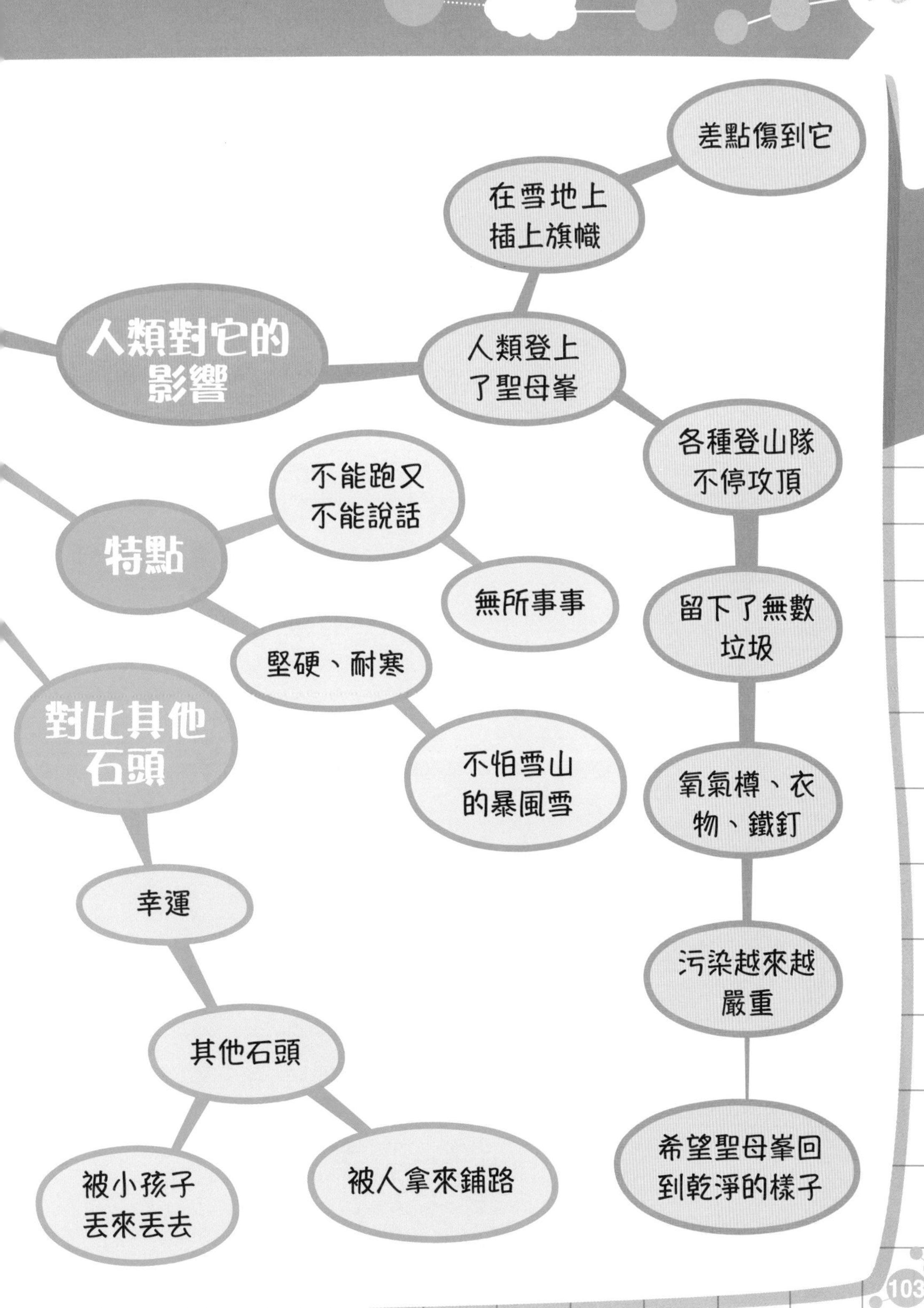
人類對它的影響
人類登上了聖母峯
在雪地上插上旗幟
差點傷到它
各種登山隊不停攻頂
留下了無數垃圾
氧氣樽、衣物、鐵釘
污染越來越嚴重
希望聖母峯回到乾淨的樣子
特點
不能跑又不能說話
無所事事
堅硬、耐寒
不怕雪山的暴風雪
對比其他石頭
幸運
其他石頭
被小孩子丟來丟去
被人拿來鋪路

步驟 3 找出重點來

我們通過思維導圖來幫助聯想，但未必每一樣東西都需要放到文章中。你可以選取一些重點寫到文章裏。

石頭的特徵

這是一塊怎樣的石頭？

石頭與周遭環境

這塊石頭身處的地方有什麼特別之處嗎？

石頭的經歷

這塊石頭有什麼特別的經歷？這些經歷與它周遭的環境或人有什麼關係？

借物抒情

借着這塊石頭，想表達什麼？

完成這些步驟，就可以開始寫文章了！

示範文章

石頭

我是一塊石頭。喜馬拉雅山聖母峯上的一塊石頭。我在這裏已經幾千萬年了。

在很久很久以前，到處都是漆黑一片，又冷又濕。後來，不知過了多久，終於有各種各樣的魚類在我身邊游來游去。然後又過了一段日子，海水退卻，我身處的海牀忽然變成了陸地，長滿了青草。這片陸地一直上升，氣溫越來越低。最初，我還看到一些敏捷的走獸在附近覓食；漸漸地，我只看到飛禽。陸地越長越高，成為高山，我再沒有看到動物能夠在我身旁覓食，到處都只是雪、雪和雪。

在這個全世界最高的地方，無事可作。不過事實上，我作為石頭，不能跑又不能說話，一直都是無所事事，但比起其他石頭，在這裏生活是幸福多了。其他石頭一天到晚都被小孩子丟來丟去，弄得周身疼痛；再不然就是被人拿來鋪路，天天被人踩來踩去。我真是一塊逍遙的石頭。

山上的天氣瞬息萬變，上一秒還是陽光普照，下一秒卻可以是鋪天蓋地的暴風雪。幸好，我本身就堅硬、耐寒，再凍也不怕。

在山峯上過了一陣子，大概是二、三千年吧，人類終於出現在我眼前。他們穿着一身耐寒的衣物，背着氧氣筒，登上了聖母峯。他們在雪地上插上旗幟，非常興奮。可是，旗桿差一點就插在我身上，令我粉身碎骨，真是驚險！他們應該覺得自己能夠登上聖母峯，非常厲害吧。唉，真笨，我一早就在這裏了。

自此之後，各種登山隊不停攻頂，有些人成功登頂，有些人則永遠留在山上，變得像石頭一樣，又冷又硬。但無論是誰，他們都在喜馬拉雅山留下了無數垃圾，如：氧氣樽、衣物、鐵釘……這裏的污染越來越嚴重了。真希望他們帶走自己的垃圾，還我一個乾淨的聖母峯。

文章分析

特別的選材

《石頭》這個題目其實有很多種處理方法。這塊石頭可以是金字塔的其中一塊石頭，可以是萬里長城的其中一塊石頭，可以是雕刻成維納斯女神像的石頭，可以是一塊造成墓碑的石頭，這些都可以寫成非常有趣的文章。讀者也可以想想什麼選材可寫出特別的文章。

出其不意的內容

這篇文章與《馬桶》（本書第97頁）同樣運用了擬人法，但兩者的個性設定大有不同。馬桶非常投入人類世界，渴望令世界變得更美好。至於本文石頭的説話口吻則比較冷靜，更像一個隱居的智者。喜馬拉雅山聖母峯是地球上最高的山峯，而石頭則是我們平日隨處可見的東西。寫聖母峯上的一塊石頭，兩者的落差就能營造出奇妙的氛圍。一塊平凡的石頭，因為處於人類難以觸及之地，就變得神聖而特別。首段便出其不意，有先聲奪人的感覺。

善用想像力

文章另一個吸引之處在於其想像力。地殼運動令到本來是海的地方越升越高，海洋變成陸地，陸地變成高山。作者在這裏讓石頭經歷千萬年的變遷，令平凡的石頭聯繫上地球千萬年的地殼運動。「在山峯上過了一陣子，大概是二、三千年吧，人類終於出現在我眼前。」石頭所指的「一陣子」竟是二、三千年，這令文章變得更特別、更有趣。小學生對地殼運動應有所認識，關鍵在於能否觸類旁通，將已有知識寫入文章。

詞彙

石頭的形狀或質感：

細小、巨大、堅硬、冰冷、圓滑、棱角分明、滿布青苔

石頭種類：

化石、翡翠、水晶、大理石、花崗岩、玄武岩、沉積岩、鵝卵石、火成岩

與石頭有關的成語或典故：

以卵擊石、鐵石心腸、頑石點頭、水滴石穿、海枯石爛、水落石出、玉石俱焚

題目 5 棋

步驟 1

想一想

看到作文題目後，你可以從不同角度思考與棋有關的問題，這有助激發你的想像力。

- 你喜歡玩什麼棋？
- 為什麼你喜歡玩這種棋？
- 這種棋有什麼規則？
- 這種棋普及嗎？
- 這種棋有什麼致勝關鍵？
- 是誰教你下棋的？
- 你會常常跟家人或朋友下棋嗎？
- 怎樣能夠提升你的棋力？
- 你有從下棋當中領悟到一些有趣的道理嗎？

現在，讓我們把聯想到的東西用思維導圖呈現吧！

步驟 2

思維導圖

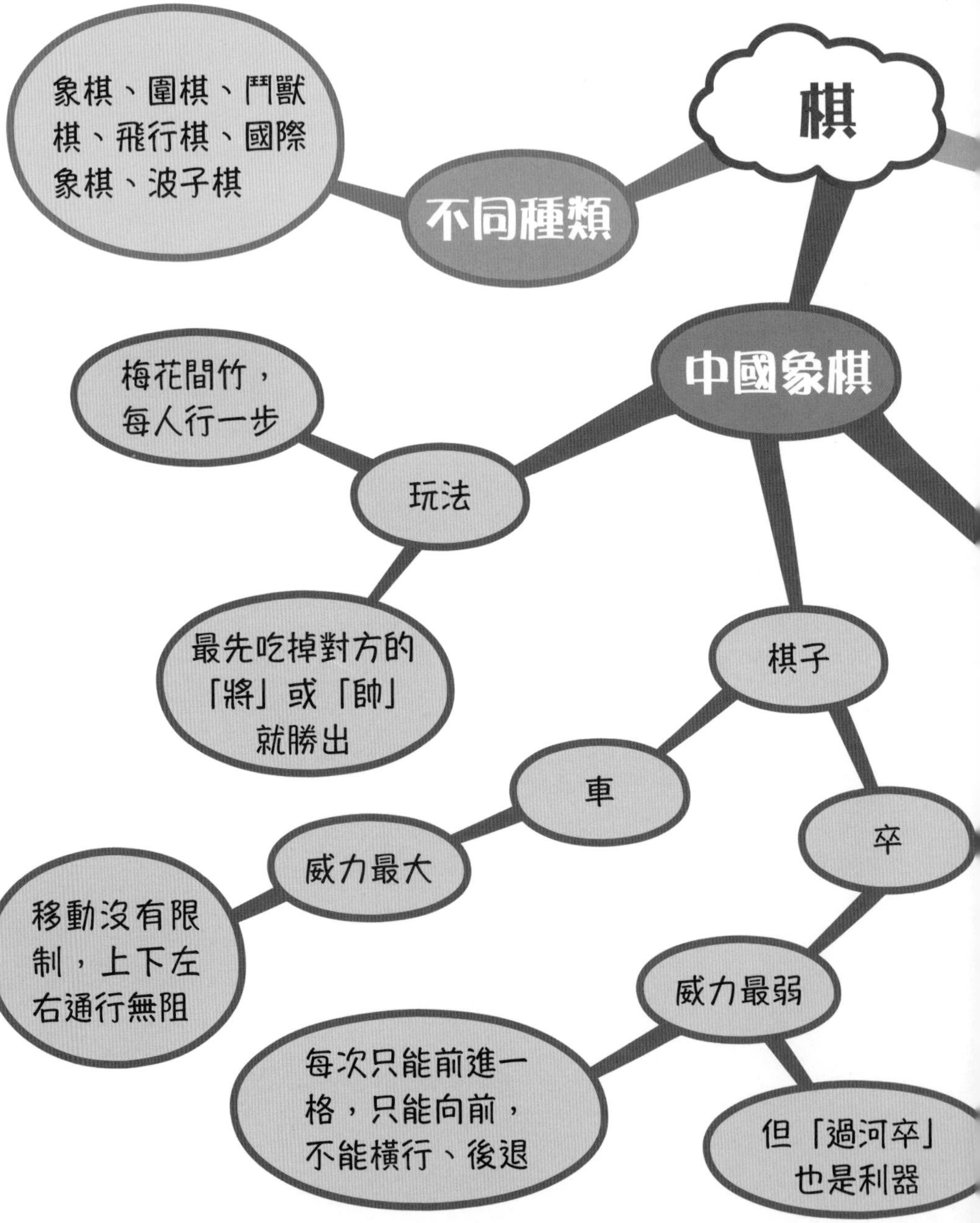

棋

不同種類

象棋、圍棋、鬥獸棋、飛行棋、國際象棋、波子棋

中國象棋

玩法

梅花間竹，每人行一步

最先吃掉對方的「將」或「帥」就勝出

棋子

車

威力最大

移動沒有限制，上下左右通行無阻

卒

威力最弱

每次只能前進一格，只能向前，不能橫行、後退

但「過河卒」也是利器

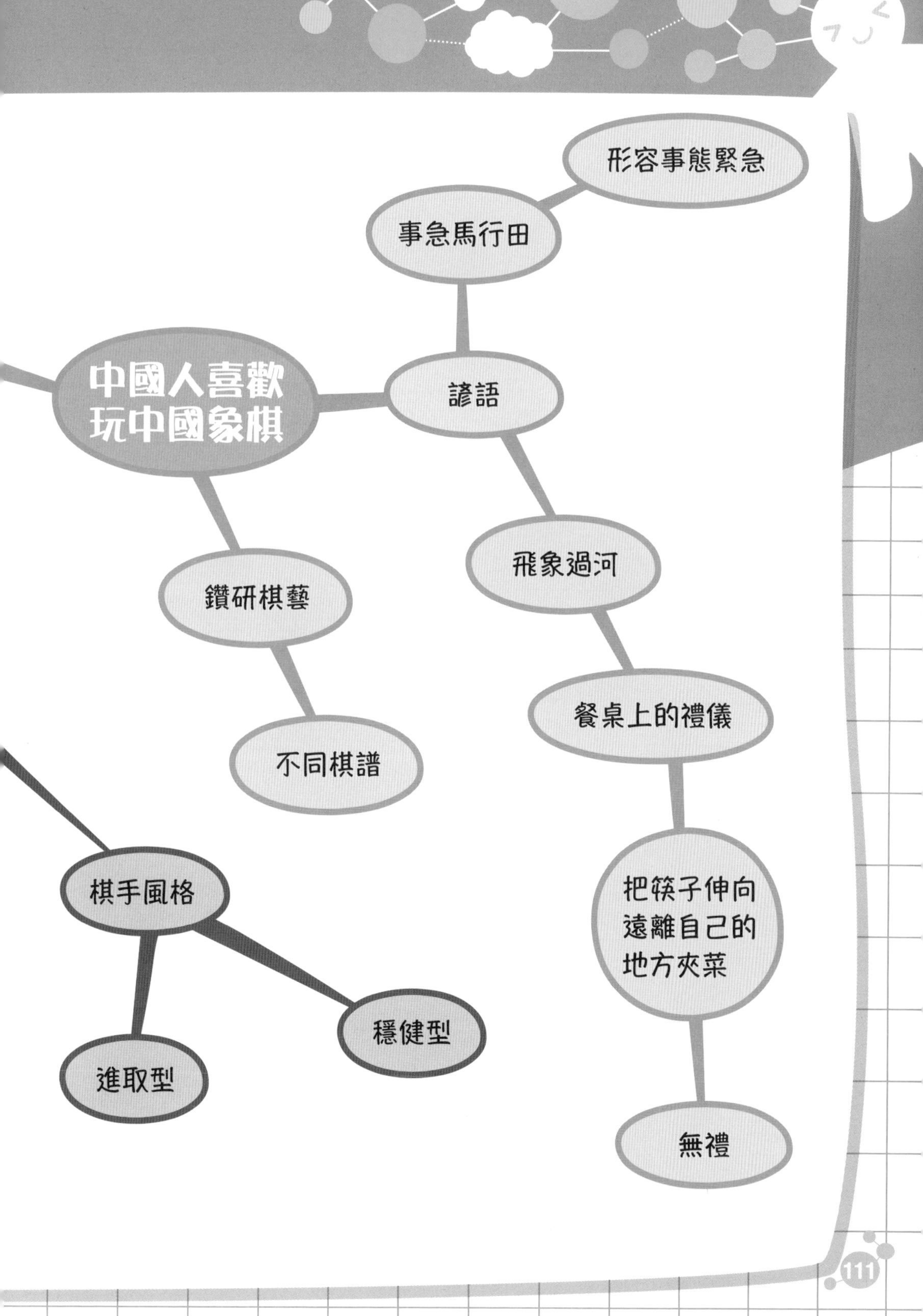
形容事態緊急
事急馬行田
中國人喜歡玩中國象棋
諺語
飛象過河
鑽研棋藝
不同棋譜
餐桌上的禮儀
把筷子伸向遠離自己的地方夾菜
無禮
棋手風格
穩健型
進取型

步驟 3 找出重點來

我們通過思維導圖來幫助聯想，但未必每一樣東西都需要放到文章中。你可以選取一些重點寫到文章裏。

選出一種棋
棋有很多種，這是哪一種棋？

____

棋的背景
這種棋普及嗎？是不是很多人都喜歡它呢？

____

棋的特點
這種棋的特點是什麼？它的玩法是怎樣的？

____

棋帶給人的領悟
從這種棋中，我們可以領悟什麼道理？

____

完成這些步驟，就可以開始寫文章了！

棋

「公車馬炮士象卒」，雙方隔着楚河漢界，擺好陣勢，廝殺開始。每人行一步，梅花間竹，誰最先吃掉對方的「將」或「帥」就勝出。這就是中國象棋。

一般來說，在眾多棋子中，「車」的威力最大。「車」的移動格數沒有限制，上下左右通行無阻，可謂遇神殺神，遇佛殺佛。「卒」的威力最弱，每次只能前進一格，只能向前，不能橫行、後退。不過，只要「卒」能夠過河，就能橫行一格，這叫做「卒仔過河當車使」。「過河卒」就是和敵人同歸於盡的利器。犧牲棋子來殺掉對方的棋子，稱為「兌子」。所以用小卒殺掉對方的元帥，這在中國象棋裏是絕對有可能出現的。

雖然雙方的棋子一樣，但棋手依然可以發展出不同風格。面對進攻時，有些棋手會以「屏風馬」守衛「中卒」，雙馬形如屏風，拱衛將帥，這是穩健型棋手。一些進取的棋手，遇到對方以「當頭炮」打「中卒」（把「炮」放在中線位，威脅對方的「中卒」），我便同樣以「當頭炮」回敬，以炮鬥炮，這又發展出「順手炮」或者是「逆手炮」棋局，我們統稱為「鬥炮局」。還有一些作風更強硬的棋手，為了搶佔形勢，更會棄子爭先。如果遇上實力稍低的對手，有時也會瞬間瓦解對方，殺得他片甲不留。

中國人喜歡玩中國象棋，從諺語中我們也可略知一二。譬如「馬」的移動方式是行「日」字，我們就有一句諺語叫：「事急馬行田」，形容事態緊急，不能按日常的方法行事。又如「象」是不能過河的，我們就借來形容餐桌上的禮儀。如果把筷子伸向遠離自己的地方夾菜，那就是「飛象過河」，屬於無禮。

中國象棋是很有趣的遊戲，古人更是樂此不疲，甚至留下了不少著名的棋譜。假如你想提升棋藝，不妨多多鑽研《橘中秘》、《梅花譜》、《適情雅趣》。相信一定會令你獲益良多。

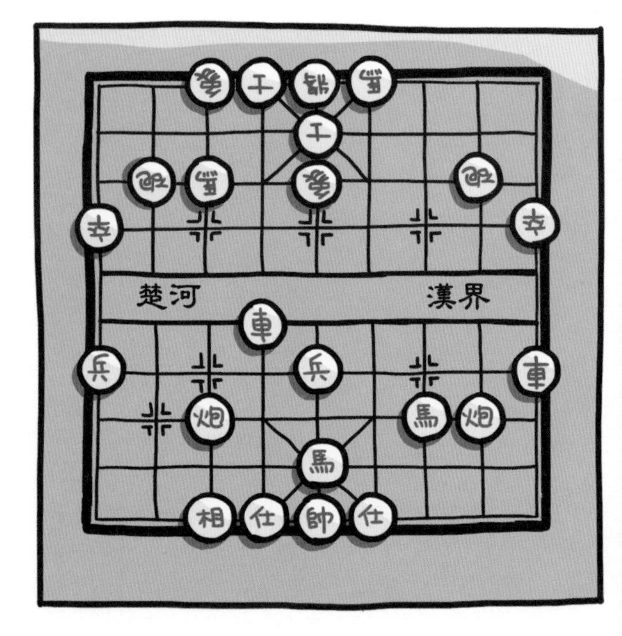

文章分析

選擇緊扣題目的內容

題目為《棋》，因此文章基本只要和棋有關便可以，寫國際象棋、鬥獸棋、圍棋等均可。你可以寫一次下圍棋的經驗，可以寫為什麼你喜歡下國際象棋，甚至可以寫你不喜歡下飛行棋，因為飛行棋的運氣成分太高，只是緊扣題目即可。

扼要說明

這文章是説明文，與本書之前的借人寫物、借物抒情等的寫法不同。本文首先簡略介紹中國象棋的規則，然後選取一些比較特別的棋子去描寫。透過描寫棋局的規則，就能逐點帶出中國象棋的有趣之處。

此外，文章第三段説明中國象棋能夠發展出不同風格的棋手，不同個性的棋手便有不同的玩法，舉出「鬥炮局」、「屏風馬」等象棋術語，寫來猶如武功招式，引人入勝。

舉例說明

第四段則是從象棋引申至諺語，透過不同的諺語印證中國象棋深入民心，因此才衍生出不同的諺語，像「事急馬行田」、「飛象過河」，便是其中例子。文章最後簡單舉出《橘中秘》、《梅花譜》、《適情雅趣》等棋譜，一方面説明古人對象棋的熱愛，另一方面讓希望進一步鑽研棋藝的讀者有途徑學習。

詞彙

棋的種類：

圍棋、鬥獸棋、飛行棋、國際象棋、波子棋

形容棋局的詞語：

複雜、嚴密、難分難解、危如累卵、勢如破竹、土崩瓦解

與中國象棋有關的諺語：

「飛象過河」、「事急馬行田」、「落子無悔」、「勝敗乃兵家常事」、「觀棋不語真君子，把酒多言是小人」、「一子錯，滿盤皆落索」、「旁觀者清，當局者迷」

題目 6 口罩

步驟 1

想一想

看到作文題目後，你可以從不同角度思考與口罩有關的問題，這有助激發你的想像力。

- 你什麼時候會戴口罩？
- 肺炎疫情之前你有戴過口罩嗎？
- 一個口罩的價格是多少？
- 什麼地方可以買口罩？
- 你有因為生病而戴口罩嗎？
- 從事什麼職業的人需要戴口罩？
- 口罩用什麼材料製造？
- 口罩可以循環再用嗎？
- 口罩是必需品嗎？
- 戴了口罩是否百毒不侵？

現在，讓我們把聯想到的東西用思維導圖呈現吧！

步驟 2

思維導圖

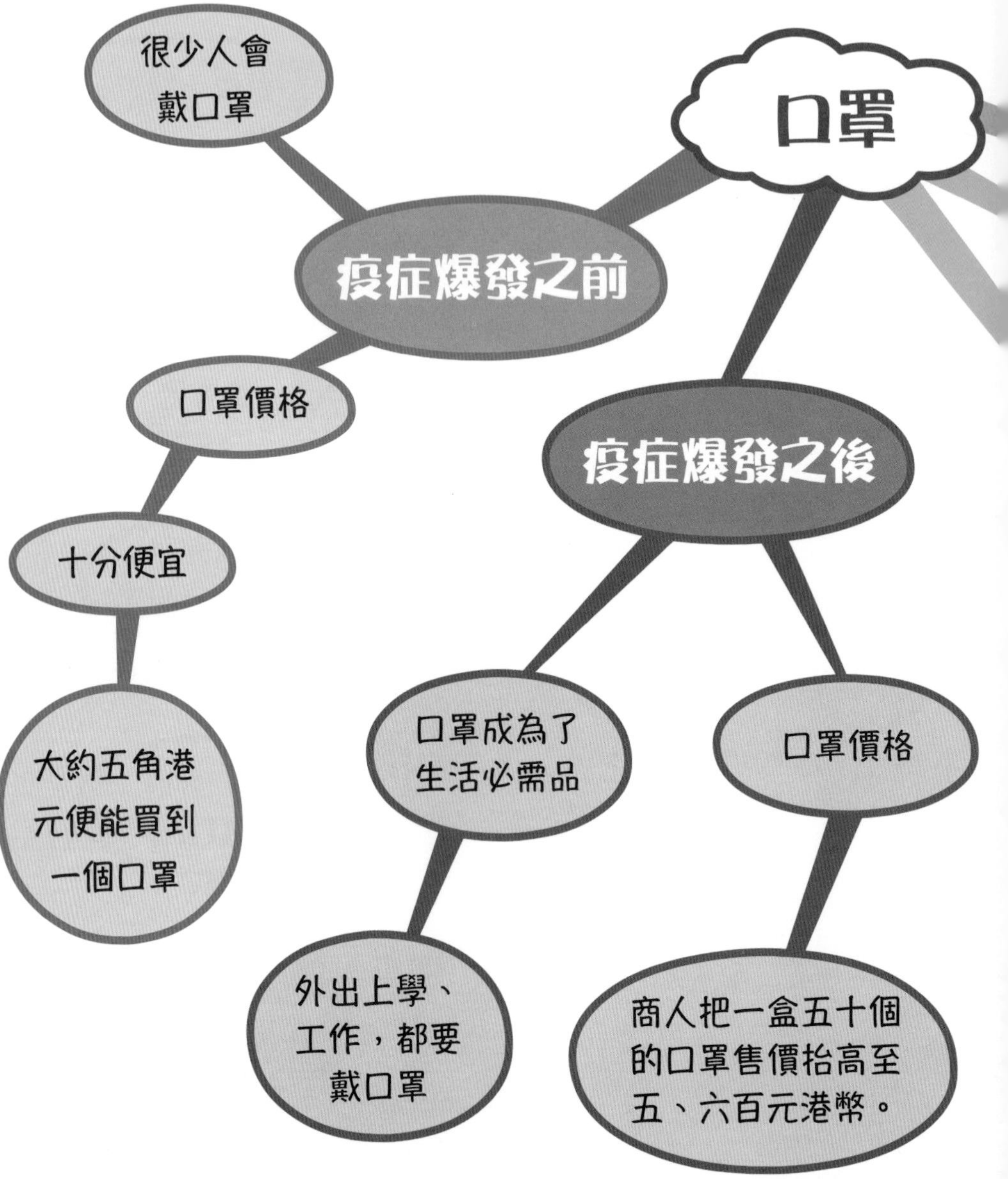

口罩

疫症爆發之前
- 很少人會戴口罩
- 口罩價格
  - 十分便宜
    - 大約五角港元便能買到一個口罩

疫症爆發之後
- 口罩成為了生活必需品
  - 外出上學、工作，都要戴口罩
- 口罩價格
  - 商人把一盒五十個的口罩售價抬高至五、六百元港幣。

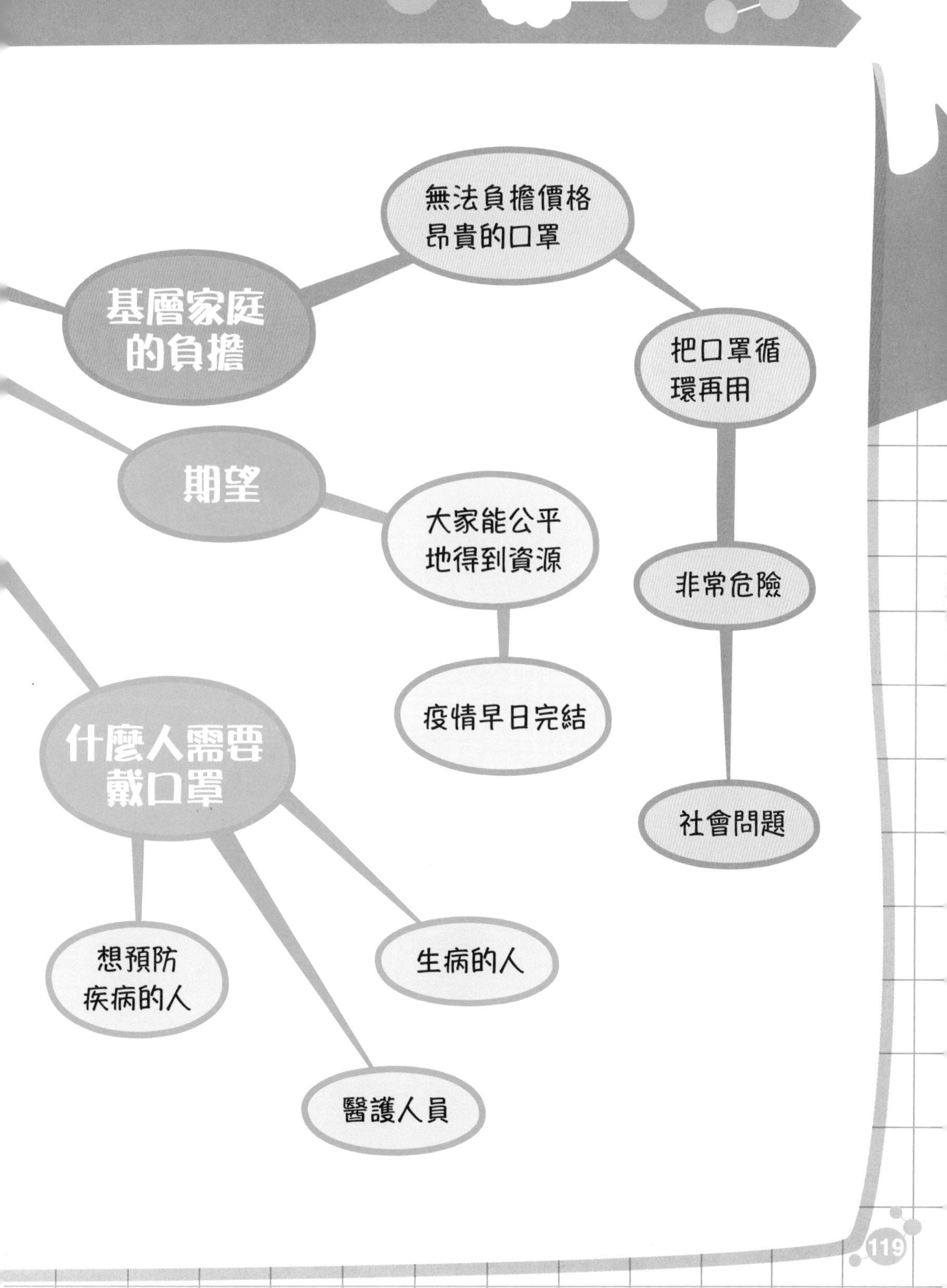
無法負擔價格
昂貴的口罩
基層家庭
的負擔
把口罩循
環再用
期望
大家能公平
地得到資源
非常危險
疫情早日完結
社會問題
什麼人需要
戴口罩
想預防
疾病的人
生病的人
醫護人員

步驟 3 找出重點來

我們通過思維導圖來幫助聯想，但未必每一樣東西都需要放到文章中。你可以選取一些重點寫到文章裏。

口罩的特點和作用

口罩的特點是什麼？它有什麼作用？

口罩與社會環境的關係

從以前到現在，我們都經常戴口罩嗎？社會環境的變化怎樣影響人們對它的需求？

口罩與人的關係

口罩是不是必需品？人人都可以負擔口罩的價格嗎？

感受

從口罩相關的事情中，我們有什麼領悟？

完成這些步驟，就可以開始寫文章了！

示範文章

口罩

在新型冠狀病毒爆發之前，香港人甚少會戴口罩。但在新冠肺炎疫情下，口罩成為了日常生活必需品。人們不戴口罩，就無法外出上學、工作。口罩本來十分便宜，在疫情肆虐之前，大概五角港元便能買到一個口罩。後來，因為全球爭相搶購口罩，結果一個口罩的價錢曾經暴漲了四倍。有些無良商人更坐地起價，五十個口罩索價五百至六百元港幣。

如此昂貴的口罩，簡直難為了貧困的基層家庭。原本要應付日常開支已經很困難，昂貴的口罩更是令他們的生活百上加斤。於是，基層家庭只好將口罩循環再用，一個口罩用三、四天也是等閒事，但這是非常危險的。口罩上面有機會滿布細菌，重用口罩未能有效預防疾病。正確的做法是每次除下口罩都應該將口罩丟棄，然後換上全新的口罩。新冠肺炎是高度傳染性疾病，一不小心就很容易一傳十，十傳百，一發不可收拾。

口罩的短缺問題，不只影響基層家庭，更是整個社會的問題。不論富貴貧賤，只有當所有人都能買得起口罩，我們才有機會戰勝疫情。

口罩問題也同樣預示了另一個嚴重的問題——那就是疫苗供應不足。當有效的疫苗出現，全球各國都會爭相搶購，富有的國家必定會儘可能採購，而貧窮的國家就無法購買所需的分量。在富有國家裏，官員和相對高危的行業，如醫護人員能夠接種疫苗，但老弱人士或者基層，如清潔工人，就未必能第一時間接種疫苗，這就像口罩分配的情況。

希望疫情早日完結，大家都能生活在一個公平的社會裏，可以獲得平均分配的資源。

文章分析

借物說理

文章題目為《口罩》，我們可以寫布口罩、外科手術口罩、銅芯口罩，然後比較各種口罩的效用，又或者可以寫戴口罩的經驗，上述都是可行而扣題的寫作方法。前者比較接近説明文，後者則比較接近抒情文或記敍文。而本文則是借口罩探討社會問題，屬於借物説理的寫法。

言之有據

本文首先由口罩的價格談起。口罩本來是便宜的用品。疫情之下，口罩需求大增，供應短缺，價格大幅上漲是產生各種社會、衞生問題。作者明確指出口罩價格的變化，有實際的價錢參考，言之有據，這樣才能具體説明問題的嚴重性。

作者以口罩價錢暴漲的事例，指出基層家庭飽受其害，負擔不起昂貴口罩，唯有硬着頭皮循環再用。於是，一個昂貴的口罩，就成為了整個社會的其中一個防疫缺口。這也説明了口罩短缺衍生的社會問題。

以小見大

借物説理的文章經常會使用以小見大的寫法，這能展現作者的識見，更能令文章探討的問題變得更為深入。本文正正運用了以小見大的寫法，在點出口罩問題後，推斷疫苗也會出現類似的分配問題，因為兩者同樣和疫情有關，發生問題的原因、影響亦非常近似。而且本文主旨為探討社會問題，因此由口罩引申出疫苗並不算離題。

詞彙

與疫情有關的詞語：

口罩、洗手、消毒、隔絕、離別、反覆、爆發、強制檢疫、社交距離

呼吸系統疾病：

肺炎、傷風、流感、哮喘、喉嚨痛、肺結核、支氣管炎

與貧窮有關的詞語：

一貧如洗、家徒四壁、身無分文、朝不保夕、孤苦無依、衣不蔽體

題目 7 垃圾

步驟 1

想一想

看到作文題目後，你可以從不同角度思考與垃圾有關的問題，這有助激發你的想像力。

- 什麼東西是垃圾？
- 垃圾丟在垃圾桶後會被運到哪裏？
- 我們每天會製造什麼垃圾？
- 什麼垃圾可以循環再造？
- 什麼垃圾不能循環再造？
- 除了堆填區，香港有什麼處理垃圾的方法？
- 你有將垃圾分類嗎？
- 如何能減少垃圾？

現在，讓我們把聯想到的東西用思維導圖呈現吧！

步驟 2

思維導圖

垃圾
原本是有用的物品
例子
吃完後的空飯盒
沒有汽水的汽水瓶
本來裝着最新型號模型的紙箱
丟到垃圾箱後就變成垃圾
被垃圾車送到堆填區或焚化爐
循環再用
膠樽、鋁罐
丟到不同的回收箱內
為環境盡一分力
但很多人都做不到

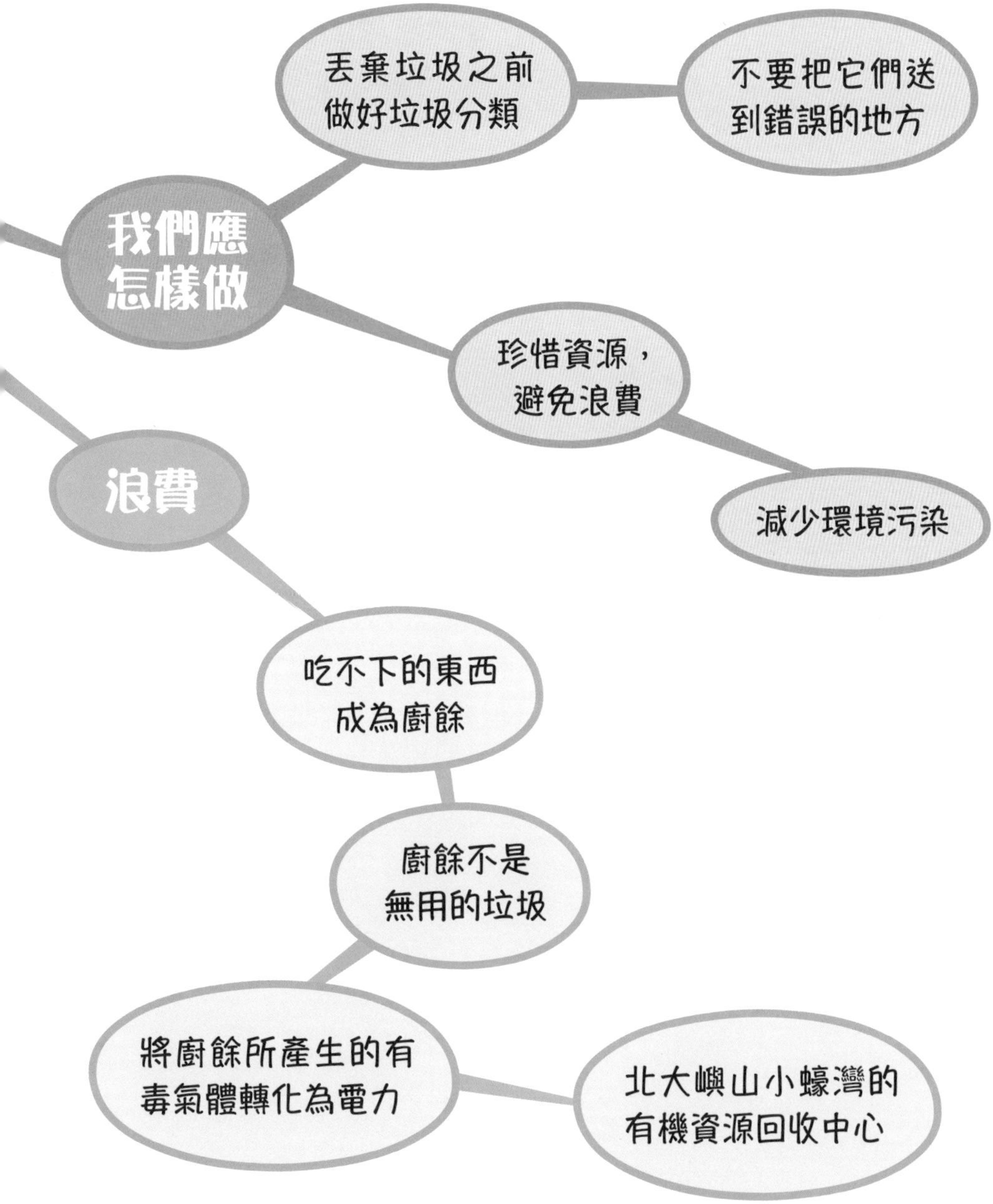

我們應怎樣做

丟棄垃圾之前做好垃圾分類

不要把它們送到錯誤的地方

珍惜資源，避免浪費

減少環境污染

浪費

吃不下的東西成為廚餘

廚餘不是無用的垃圾

將廚餘所產生的有毒氣體轉化為電力

北大嶼山小蠔灣的有機資源回收中心

步驟 3　找出重點來

我們通過思維導圖來幫助聯想，但未必每一樣東西都需要放到文章中。你可以選取一些重點寫到文章裏。

垃圾的定義

什麼是垃圾？一樣東西怎樣會變成垃圾呢？

垃圾的特點

垃圾會被怎樣處理？有哪些垃圾可以循環再用？

垃圾與我們的生活

垃圾與我們的生活有什麼關係？

感受

從垃圾中，我有什麼領悟？

完成這些步驟，就可以開始寫文章了！

垃圾

沒有汽水的汽水瓶、空空如也的飯盒、本來裝着最新型號模型的紙箱……上一秒，它們全都是有用的物品，下一秒，人們就再也不需要它們。於是人們毫不猶豫，就把它們丟到垃圾箱。然後，它們的名字不再是汽水瓶、飯盒、紙箱。它們全部被叫作：垃圾。

人們覺得只要把垃圾放進垃圾桶，那就是心安理得，自己就是一個有責任感、有公德心的人，但實情並非如此。首先，我們要知道，很多垃圾是可以回收循環再造的，像常見的膠樽、鋁罐。但當你將膠樽、鋁罐全部都丟進普通的垃圾桶，它們就會被垃圾車送到堆填區或者是焚化爐。

飯桌上的魚、蝦、蟹，本來都是美食，但當我們實在吃不下了，便唯有丟掉。假如我們將這些廚餘和可回收的鋁罐、膠樽丟進同一個垃圾桶，廚餘就會污染了這些可回收的垃圾。這樣回收商就無法將它們加工循環再用。

另一方面，廚餘其實並不是無用的垃圾。在北大嶼山小蠔灣的有機資源回收中心，就能將廚餘所產生的有毒氣體轉化為電力，但這種沼氣發電的方式，在香港並不普及。如果廚餘能回收，我們就可以大大減少堆填區的垃圾量。

總的來說，我們每人都可以做多一步，為環境出一分力，例如在丟棄垃圾之前，我們做好垃圾分類。垃圾並不一定是垃圾，只是因為你把它們送到錯誤的地方，它們就從有用的東西當成了無用。這就像你要求愛恩斯坦去耕田，卻不讓他研究物理科學一樣。更重要的是，我們要珍惜資源，避免浪費，這樣我們才能有效減少環境污染。

文章分析

選取文章的方向

本文題為《垃圾》，其實垃圾細分下來也有很多種，海洋垃圾、建築廢料、家居垃圾、工業廢料，甚至核廢料，我們全部都統稱為垃圾。文章的好壞常取決於內容是否細緻、具體、清晰，因此面對這個題目，我們首先要決定採用何種方向。而本文則主要集中描寫家居垃圾。

借物說理

本文的描寫對象是垃圾，但描寫垃圾並不是其主要目的。這文章屬於借物説理，點出各種關於垃圾的誤解。文章首先簡述幾種常見的家居垃圾，如鋁罐、膠樽及各種包裝，然後指出直接將垃圾丟進垃圾桶並不是正確的做法。文章在這裏開始講述垃圾分類。廚餘是一種常見的家居垃圾，文章舉出廚餘的例子，除了再次呼應垃圾分類的重要性，也指出廚餘能夠成為沼氣發電的原料，説明垃圾回收可減少垃圾量。

比喻說理

本文除了借物説理，亦透過比喻説理。讀者可以比照《馬桶》（本文第97頁）一文，同樣是以喻結束。《馬桶》以登月名句勸喻讀者記得如廁後沖水。本文則以愛恩斯坦研究物理科學作比喻，能夠令讀者印象更深刻，説理更精彩。

詞彙

形容環境的詞語：

狹小、凌亂不堪、臭氣熏天、堆積如山、香氣襲人、一塵不染、雜亂無章

處理廢物的設施：

回收箱、垃圾房、垃圾車、堆填區、焚化爐

可回收垃圾：

紙張、膠樽、鋁罐、金屬、鐵

題目 8 廚房用具

步驟 1

想一想

看到作文題目後，你可以從不同角度思考與廚房用具有關的問題，這有助激發你的想像力。

- 你打算寫一種廚房用具還是多種？
- 廚房裏有什麼用品？
- 你會自己做飯嗎？
- 家中誰人負責做飯？
- 廚房有哪些物品是比較危險的？
- 如何避免在廚房發生意外？
- 廚房有哪些電器？
- 廚房在日常生活中重要嗎？
- 如何保持廚房清潔？

現在，讓我們把聯想到的東西用思維導圖呈現吧！

步驟 2

思維導圖

廚房用具

例子
- 煮食爐
- 電飯鍋
- 鐵鍋
- 微波爐
- 菜刀

刀
- 分為不同類別
  - 麵包刀：刀身狹長，帶有鋸齒
  - 蔬菜刀：刀身比較薄，用時不會過於費力
  - 水果刀：刀身細小，方便人削去果皮
  - 文武刀：刀較為厚重，方便切肉和骨頭

正確使用刀的方法

小心謹慎

避免家居意外

用不同的刀去處理生和熟的食物

避免交叉感染

煮食與刀的關係

煮菜的必需品

烹調菜式前，要用刀把食材切割

易熟

美觀

工欲善其事，必先利其器

切不同的食物，用不同的刀

步驟 3 找出重點來

我們通過思維導圖來幫助聯想，但未必每一樣東西都需要放到文章中。你可以選取一些重點寫到文章裏。

選出一種廚房用具

廚房用具有很多種，這是哪一種廚房用具？

____

這種廚房用具的特點

這種廚房用具的特點是什麼？它的外觀是怎樣的？

____

廚房用具的功能

這種廚房用具有什麼功能？我們什麼時候會利用它？

____

使用廚房用具的態度

我們使用這種廚房用具時，應注意什麼？

____

完成這些步驟，就可以開始寫文章了！

示範文章

廚房用具

我們每天三餐的飯菜，就是在廚房裏預備的。廚房的用品，電飯鍋、煮食爐、微波爐、菜刀、鐵鍋……每一樣都在幫助我們預備早午晚三餐。每一樣工具都有獨特的功能，刀是煮菜的必需品，幫助我們切割食材。

廚房裏有着各種各樣的刀，每一種刀都有其用處。譬如切麪包時我們會使用刀身狹長，帶有鋸齒的麪包刀。切菜時，我們會使用菜刀。蔬菜的質地一般比較柔軟，因此菜刀的刀身比較薄，使用起來不會過於費力。處理水果時，我們就要用水果刀。

水果刀比菜刀的刀身細小得多。因為水果不會太堅硬，小刀也可切割，而且刀身較小，削果皮時也更方便。

然而，如果是切肉，我們就不宜使用細小的刀。肉類不時連帶着骨頭，又或者是連接着各種筋腱，並不能輕易切割。這時一般家庭就會選用文武刀。無論是切牛肉、雞肉，還是豬肉，文武刀都是好幫手。文武刀的刀身比麪包刀、菜刀、水果刀較厚重，不單能切肉，也能把較柔軟的骨頭，如雞骨切碎。不過，我們還是要盡量避免大力剁骨，否則會容易造成刀刃破損。

「工欲善其事，必先利其器」，使用適合的工具才能讓煮食過程更快捷方便。使用不慎，輕則難以處理食材，嚴重則可以造成家居意外。試想想你拿着一把厚重的豬肉刀去削蘋果皮，是多麼危險的一回事呢？

除了使用正確的刀，我們更要記得，用不同的刀去處理生和熟的食物，這樣才能避免交叉感染，而用完的刀也要清潔乾淨。廚房裏器具多，有時更可能地板濕滑，在廚房裏走來走去時，一定要放好刀具，這樣才能保持安全。

文章分析

選取適當的題材

文章題目為《廚房用具》，落筆之前，你首先要決定是分別描寫不同的廚房物品，還是只描寫一種物品。採取描寫不同物品的策略，就要避免雜亂無章，切忌漫無目的地描寫，宜有一主題以領起全文。若只描寫一種物品，則主題集中，但容易無事可記，字數不足，所以落筆前宜先決定方向，不可輕率。

兼有泛寫和專寫

本文在上述兩個方向上，選擇了折衷方法，兼有泛寫和專寫。雖然是專寫廚刀，但廚刀應有不同款式的刀。這樣既能廣泛描寫各種廚刀，又不致雜亂無章。因此，作者分別描寫了麪包刀、菜刀、水果刀，亦描寫了文武刀。除了寫不同的刀款，作者亦對刀種外形、特質，作了簡單的說明。刀種繁多，每樣即使是蜻蜓點水，也令文章內容變得豐富。透過描寫不同刀種，最後帶出「工欲善其事，必先利其器」的道理。

穩妥結尾

本文除了寫不同的廚刀，亦扼要描寫用刀時要如何注意安全。因為一般而言，我們都認為刀是危險物品，必須小心使用。以此結尾，雖然未必能讓人印象深刻，但絕對是穩妥的寫法，也不會令文章離題。在寫作文時，我們難免會遇上難以發揮的題目，如果我們遇上這些難題，也可以考慮用這種方式作結尾。

詞彙

廚房用品：

菜刀、雪櫃、廚櫃、焗爐、微波爐、多士爐、電飯鍋、洗潔精、抽油煙機

廚刀種類：

菜刀、文武刀、陶瓷刀、水果刀、麵包刀

廚刀各部位的名稱：

刀身、刀刃、刀尖、刀背、手柄

現在由你嘗試利用思維導圖寫作了！請跟着以下步驟試試看。

練習題目 玩具

步驟 1：想一想

看到作文題目後，你可以從不同角度思考與玩具有關的問題，這有助激發你的想像力。

- 這是什麼玩具？
- 這個玩具是誰送你的？
- 這個玩具是用什麼材料造的？
- 你喜歡這玩具嗎？
- 這玩具有什麼特色？
- 這玩具是否要和其他人一齊玩？
- 這玩具需要組裝嗎？
- 你會自己收拾玩具嗎？

請根據聯想到的東西完成下頁的思維導圖，幫助思考。你可以按需要把思維導圖延伸，並另外用紙書寫。

步驟 2：思維導圖

步驟 3：找出重點來

請你從思維導圖中選取一些重點寫到文章裏，快取出紙張動筆寫寫看吧！

新雅中文教室

思維導圖學作文——寫人、寫物篇

作　　者：黎浩瑋
插　　圖：ruru lo cheng
責任編輯：葉楚溶
美術設計：李成宇、鄭雅玲
出　　版：新雅文化事業有限公司
香港英皇道499號北角工業大廈18樓
電話：（852）2138 7998
傳真：（852）2597 4003
網址：http://www.sunya.com.hk
電郵：marketing@sunya.com.hk
發　　行：香港聯合書刊物流有限公司
香港荃灣德士古道220-248號荃灣工業中心16樓
電話：（852）2150 2100
傳真：（852）2407 3062
電郵：info@suplogistics.com.hk
印　　刷：中華商務彩色印刷有限公司
香港新界大埔汀麗路 36 號
版　　次：二〇二一年七月初版
二〇二四年六月第四次印刷

ISBN : 978-962-08-7818-3

18/F, North Point Industrial Building, 499 King's Road, Hong Kong
Published in Hong Kong SAR, China
Printed in China